U0479405

大雅
为一种品格注脚

大雅诗丛

峡谷与路标

爱德华·托马斯诗全集

［英］菲利普·爱德华·托马斯 著
Philip Edward Thomas

杨泽芳 译

广西人民出版社

图书在版编目（CIP）数据

峡谷与路标：爱德华·托马斯诗全集 /（英）菲利普·爱德华·托马斯著；杨泽芳译 .—南宁：广西人民出版社，2023.3
（大雅诗丛）
书名原文：Edward Thomas Collected Poems
ISBN 978-7-219-11452-0

Ⅰ . ①峡… Ⅱ . ①菲… ②杨… Ⅲ . ①诗集—英国—近代 Ⅳ . ① I561.24

中国版本图书馆 CIP 数据核字（2022）第 184660 号

峡谷与路标：爱德华·托马斯诗全集
XIAGU YU LUBIAO: AIDEHUA · TUOMASI SHI QUANJI
［英］菲利普·爱德华·托马斯 / 著　杨泽芳 / 译

出 版 人	韦鸿学
策　　划	白竹林
特约策划	袁永苹
责任编辑	李亚伟
责任校对	周月华
书籍设计	刘　凛
封面用图	保罗·克利画作

出版发行	广西人民出版社
社　　址	广西南宁市桂春路6号
邮　　编	530021
印　　刷	恒美印务（广州）有限公司
开　　本	889mm×1194mm　1/32
印　　张	8
字　　数	188千字
版　　次	2023年3月　第1版
印　　次	2023年3月　第1次印刷
书　　号	ISBN 978-7-219-11452-0
定　　价	56.80元

版权所有·翻印必究

目 录

001　在风中
006　十一月
008　三月
010　老人
012　路标
014　雨后
016　间歇
018　另一个
023　深山小教堂
025　鸟巢
026　庄园农场
028　一首老歌（Ⅰ）
030　一首老歌（Ⅱ）
032　峡谷
033　新年
034　空心木
035　源头
036　便士笛
038　一个士兵

- 039　雪
- 040　艾德尔斯托普
- 041　泪水
- 042　越过山丘
- 043　高远的天空
- 045　布谷鸟
- 046　甘蓝
- 047　无名鸟
- 049　美
- 050　磨坊水池
- 052　人与狗
- 055　吉卜赛人
- 057　雄心
- 059　离别
- 061　屋子和人
- 063　失去了才明白
- 064　五月二十三日
- 067　谷仓
- 069　家
- 071　猫头鹰
- 072　悬崖上的孩子
- 074　桥
- 075　良夜
- 076　但这些事物也是
- 077　新屋子
- 078　谷仓与山丘

080	播种
081	三月三日
083	两只田凫
084	你会来吗?
086	小径
088	捕蜂罐
089	一个故事
090	风和雾
094	一位绅士
095	洛布
102	挖掘
103	恋人
104	悼念
105	头和酒瓶
106	家
108	健康
111	哈克斯特人
112	她沉溺
114	歌
115	猫
116	忧郁
117	今晚
118	四月
120	荣耀
122	七月
123	白垩矿

126	五十捆柴
127	莎草莺
129	我给自己建了一座玻璃房子
130	词语
133	话语
135	在树林里
137	收干草
139	一个梦
140	小溪
142	白杨树
144	磨坊的水
146	这些
147	挖掘
148	两间屋子
150	鸡鸣
151	十月
153	没有什么比得上太阳
154	画眉
156	自由
158	这不是简单的对错问题
160	雨
161	如此轻柔的云
162	路
166	白蜡树林
167	二月午后
168	我也许会走近爱你

170　诗人说过的那些话

171　没人比你更爱

174　未知

176　白屈菜

178　家

180　解冻

181　假如我意外地

182　假如我拥有

184　我将给……

186　而你，海伦

188　风之歌

189　像雨的触摸

190　我俩散步时

191　高高的荨麻

192　我从未见过那片土地

194　樱桃树林

195　观看者

196　下雨了

197　太阳曾经照耀

199　没有人比我更不在意

200　一些眼睛谴责

201　当马犁前头的黄铜

203　你说完了

205　白云

206　一天清晨

208　那是在

209	他喜欢女人
210	曾经有一段时间
211	绿色的路
213	绞刑架
215	黑森林
216	该笑的时候
217	怎样瞬间
218	消失了,再次消失了
220	那个女孩清澈的眼睛
221	他们会做什么?
222	号角
224	我第一次来这儿时
226	果园里的孩子
228	狭长的小房间
229	灯灭了
231	小屋
233	路
234	在黑暗中
236	真爱的悲哀
237	**孤独的追寻者** ——爱德华·托马斯的诗歌

在风中

"我真想扭断那老东西的脖子把它放在这儿!
一个公共酒馆!它可以是公共的,
对于鸟、松鼠、烧炭人的鬼魂
还有拦路抢劫的强盗来说。"狂野的女孩大笑着说。
"但从肯宁顿回来后我就恨死它了。
我放弃了一个好地方。"她的伦敦腔
一开口就使她和酒馆显得更狂野——
只是立马又隐没在旷野——
伦敦的印象,在那森林大厅里,
它在那些高耸的山毛榉中间又矮又小
而仅有的一个大酒桶,洗礼池般鼓起

她的眼睛闪闪发光;她甩开
眼睛和嘴巴上的头发,像是要再次大叫;
随后叹了口气继续洗刷。喝酒时
我可能会想起马车和强盗,
烧炭工和热爱旷野的人。
如今除了我谁还会走这些路,
每隔一个星期三有一辆市场运货车
一个孤独的流浪汉,某个陌生人

不知道这十一英里[①]荒无人烟，
开车远道而来，放慢速度
尽情地体验着这奢侈的时光
北方高地完全抛在身后，南方近在眼前，
处在南北两条铁路线的中间
远离了人们的视线和声音？
有些屋子——在路的深处，只能看见
其中几间——他们的李子树正在开花。
但这片土地属于旷野，有一种更古老的
旷野精神，召唤着，当石鸫哼着约德尔调
他的大海和高山在春天高声呼喊。
他在田野里筑巢，那儿金雀花总是自由自在
如万物那样敞开，那样平凡。它的名字就是平凡
并且它这样称呼自己，因为蕨菜和金雀花
仍然守在树篱边，那儿犁和镰刀曾追赶过它们。
很久以前就明白无疑，"白马"[②]
不过是矗立在荒野边缘的酒馆
在那儿马和马车重新选择各自的道路。
从过去到现在，四面八方的小径都通向这酒馆；
此时，一条农场小路会把你从门口引来。

两条路交叉着，一间屋子都没出现
只能看见山毛榉树丛中的"白马"。

[①] 英制长度单位，1英里约合1.6千米。
[②] "白马"指的是"白马旅馆"。

它隐藏在其中一条路后面,隔着田地;
你只能看见树,看不见屋子,
无论远近,树丛一直是最高的
对于一个知道林中有个酒馆的人来说,
仿佛看到了家,在遥远的地平线上。

"本该有所不同,"狂野的女孩尖叫,"假如
那个寡妇嫁给了另一个铁匠
继续做生意,这个店就是铁匠铺。
如果她真那样做,可能永远不会有这个酒馆;
这样的话,我就可能永远都不会出生。
多年以前,这里还是一片树林
铁匠有烧炭工做伴,
一个来自郡里山毛榉之乡的人
带着一台机器和一个小男孩
(给机器加油)来这里伐木。
这都是多年前的事了,那个铁匠
死后,他的遗孀开了一家酒馆
一想起这,我就想扭断那老东西的脖子。
好吧,我猜他们相爱了,那个寡妇
还有我那伐木的叔祖父:
不管怎样他们结婚了,小男孩留下来了。
他就是我的父亲,"她想还是继续洗刷吧,
——"我泡麦芽酒,而他长胖了。"她喃喃自语——
只是盯着砖头上的凹陷
在动荡的寂静中思索着。

时钟滴答滴答,炖锅的盖子
跳动着,因为卷心菜煮沸了,女孩
询问炉火:"我的父亲,他
开辟了这片土地。一英里价值
一基尼[①];因为那时所有的树
除了酒馆周围的几棵,都死了。
这就是森林仅剩的所有了,除非你
把炉火底部的木炭也算进去——
我们时不时会犁出一个。你看过
我们的招牌吗?"不。是木柱和空架子吧
我知道,没有它们我可猜不到
这低矮的灰色屋子,是一个酒馆
而非一个隐居处,树下还有柴堆。
"可是那个空架子能有什么用处?
此刻我想看一匹良好的白马
从那里跃过,一匹真正俊美的白马
一边驰骋着,另一边被描画。"
"但你愿意听它不分昼夜地
驰骋吗?我所要感谢的就是风,
它吹倒了招牌。一次又一次
把它吹倒,然后我睡着了。
最终他们固定了招牌,但一个小偷
搬走了它,从此我们再没有第二个:
它现在就躺在池塘底。

[①] "基尼",英国旧货币名称,1633年英国第一代由机器生产的货币。现已退出流通货币行列。

但从没有人从山后运走
树木，尽管刮风时
树林会轰响，仿佛火车疾驰在
山林的另一边，一列永不停歇
永无终点的火车。亚麻布在绳子上噼啪作响
像木柴的火苗上升。"但如果你有这个招牌
就可以引来同伴。肯宁顿怎么样？"
她弯下腰继续洗刷，说："我不去。
我不会回肯宁顿的，我在这里出生，
刮风的夜里，我总有一个念头
我会死在这里，也许我想死在这里。
我猜我会留下来，但特别希望
路能近一点，风能远一点，
或者偶尔安静一下，但我死的时候
会让风刮起来，这样我就可以随它飞往
一个很远的地方，那儿没有树木
我会醒来，不知道身处何方
甚至不再追问树木是否会再次轰响。
看看那两只小牛。"
　　　　　　在敞开的门和树林之间
两只小牛在池塘里蹚水，
边遐思边蹭着水面，
或者边饮水边思考，快乐而短暂。
水波荡漾，但它们小口地饮水，思考，
对我们和风都一样漫不经心。
"看看那两只小牛，再听听那些树。"

十一月

十一月有三十天：
十一月的土地是脏乱的
那三十天，自始至终；
大地上最美丽的就是小路
从早到晚都有鞋钉的凹痕，
足迹和鞋印布满路面
或散落的脚印爪痕
它们来自小兽和小鸟。
田野被羊群踏成泥浆
这路最不好走，却通向最美的树林
那儿落叶纷飞。
没有人关心污浊的泥泞，
树枝，叶子，燧石，荆棘，
稻草，羽毛，人们所无视的一切，
被踩烂又被洪水浸泡
成为泥巴一样的废物。
在所有大地披绿的月份中
没有比十一月的天空更洁净的了。
干净，清澈，甜蜜，冰冷，
照耀着大地，如此古老，

暴风雨过后的云朵
在大风中寂静地飞行，
直到东边的满月
辉映着西边的星辰
大地因黑暗而沉默，
却不因缺陷而忧愁。
在脏乱的土地上，人们凝视着：
一个人想象着那儿有一个避难所
在泥泞之上，在纯洁明亮之中
那万里无云的天国之光；
另一个人则更爱土地和十一月
因为他清楚地知道，没有它们，
天空对他而言将什么都不是
正如他自己，对于天空而言。
他甚至更爱那些泥土
放弃了一切朝向天空的光。

三 月

此刻我知道春天会再次来临,
或许就在明天:无论多晚我都有耐心
在这样的一个夜晚之后。

我的太阳穴仍然因冰雹和寒风
的灼烧而疼痛,报春花仍然
被冰雹撕裂并被完全覆盖,
太阳强烈的光芒充满了大地和天空
还有一种温柔,几乎就是温暖,在冰雹落下的地方,
仿佛是强大的太阳流下了欢乐的泪水。
但此刻很晚了已无暖意。余晖落在西边
连绵起伏的冰雪之山上:
在某个山坳,风消失了,
此刻仍然寒冷,尽管我知道春天
会再次来临,它至今未至
是因它也迷失在寒冷的群山之中了。

画眉知道什么?雨,雪,雨夹雪,冰雹,
使得它们像报春花一样安静。
它们仅有一个小时可以歌唱。在树枝上,

在大门上，在地上歌唱；换栖木时歌唱
争斗时歌唱，假如它们还记得争斗：
它们极其努力地把一切塞进了那个小时
在月亮变得比云彩更明亮之前
不情愿地收起了歌声。之后再没有时间
可以尽情歌唱，如此它们得以抵抗静寂
和黑夜，人们不在乎是歌唱还是尖叫；
但无论嘶哑还是甜美，凶猛还是温柔；
对我而言都是甜美的：一切错不了。
它们所知道的——我也知道，它们歌唱之时
或之后。直到夜空出现一半的星星
一朵云也没有，我才意识到那一小时的歌声
所浸染的寂静，那寂静说
春天会回来，也许就在明天。

老 人

"老人",或"少年之爱"①,这名字里什么也没有
对于不懂"少年之爱"及"老人"的人来说,
灰绿色羽毛状的草本植物,几乎就是一棵树,
与迷迭香和薰衣草一起生长。
即使是一个熟悉它的人,这两个名字
半是修饰,半是迷惑,它是这样的事物:
至少,附着在它上面的东西与名字无关
尽管也关乎时间。但我喜欢这名字。

我虽不喜欢草药本身,但确实
喜爱这种植物,总有一天孩子也会爱上它
任何时候她进出家门时
都要从门口的青蒿丛中拔出一根"羽毛"。
她常常待在那儿,剪掉顶芽,揉碎
叶片,最终扔在小径上,她想着什么,
也许什么也没想,直到她闻了闻
自己的手指,跑开了。青蒿丛至今

---

① 原文"Old Man, or Lad's-Love","'老人',或'少年之爱'",植物别名,即南蒿、青蒿。

只有她的一半高，虽然年龄跟她相同；
她修剪得很好。她一言不发；
而我只能感叹以后她能记得
多少呢，关于花园里一排排青蒿
那苦涩的气味，高过树篱的
古老的李子树，通向门口的弯曲小径，
门边低矮而浓密的灌木丛，还有
禁止她采摘的我。

     至于我自己，
不知道第一次闻到苦味是在哪儿了。
我也经常把灰绿叶片揉碎，
边嗅边想，嗅了又嗅，试图
想起我所回忆的是什么，
却总是徒劳。我无法喜欢这气味，
然而我宁愿放弃更多的甜蜜，
比起这苦味，它们没有任何意义。

我找不到钥匙了。我闻着这枝叶
什么也不想；什么都不看、不听；
又似乎一直在倾听，处于等待之中
为那应该永远记住，却从未记住的：
没有花园出现过，没有小径，没有灰绿青蒿
这"少年的爱"或"老人"，没有孩子在身边，
没有父亲母亲，也没有任何玩伴；
只有一条大道，幽暗，没有名字，没有尽头。

路　标

昏暗的海面闪烁着寒光。白日退却,
枯骨般的杂草和永不干枯的
粗硬的长草因霜冻而保持白色
在山顶的指路牌旁边;
旅人愉快吐出的烟雾被吹散到
山楂和榛树丛上。

我读着路标。我该走哪条路?
一个声音说:你二十岁时可不会
如此疑虑。另一个声音轻声嘲讽:
二十岁时,你宁愿自己从未出生过。

这时榛树顶上的枝头掉落一片
金色的叶子,第一个声音告诉
另一个,他真想知道六十岁时
到达同一路标,会是什么情形。"你会看到,"
他笑着说——我只好一起笑——
"你会看到的,此前还是此后,
无论发生什么,这一刻必然同样降临,
一大口泥土就能补救一切悔恨

而希望将被随意给予；
如果说天堂有什么缺陷
那就是可以自由许愿，你的心愿
也许就是能在这里或任何地方与我交谈，
不在意世上是什么天气
无论生死之间的任何年纪——
看看白天和黑夜是什么样子，
太阳和寒霜，陆地和海洋，
夏，秋，冬，春——
与一个穷人，甚至与一个国王，
在野外伫立着
不知道该往哪里去，哦，哪里？"

雨 后

雨下了一夜一天又一夜
在这苍白窒息的白日的
光线中,停了。太阳凝视着
看见了既成的一切。
树下的路多了一条新的
紫色调的边
在稀疏明亮的草丛边界之内:
因为榛树、荆棘
以及更大的那些树
十一月剩下的
所有叶子都被扯去。
整个小树林
没有枯叶落到
灰草、青苔和橘红蕨上面,
而当风返回:
白蜡树的叶子脱落
稀疏地铺在路上,好像镶嵌着小黑鱼,
它们仿佛在嬉戏。
垂挂在无数枝条上的
如此坚硬赤裸的

是十二个黄苹果,悦目地
结在一棵酸苹果树上。
小山谷里每一棵树每一根树枝上
那数不清的
忽明忽暗的雨的晶体
重又开始。

间 歇

荒凉的白天走了：
更荒凉的夜
来了给
短暂的暮光开路。

坚实的路湿透
延伸着消失于
高高的山毛榉树林
它几乎一直闪着光。

山毛榉在
暴风雨中歇息，
深深地呼吸着
西边吹来的风。

阴暗的树林，
笼罩着雾蒙蒙的水汽。
上方，云聚集着
又被一道光打破。

而伐木工人的小屋
就在爬满常春藤的树林旁
亮光以及微风
都无法使它醒来。

炊烟升向高处
而它静止:
微微地隆起
在暴风雨的翅膀下。

它毫不在乎
阴还是晴:
它留在那儿
而我将漫游,

死去,忘却
这山林,
这亮光,这雨天,
这呼啸中的宁静。

另一个

到森林尽头了。我愉快地
感受着光明,聆听着蜜蜂的
嗡嗡声,闻着干草味
以及甜美的薄荷,因为我已
抵达森林的尽头,还因为
这里既有公路,又有旅馆,
不属于森林的一切。而就是在这儿
他们问我昨天是不是经过
这条路,"不是你?奇怪。"
"那是谁?睡在这里?"我感到可怕。

我知道他说的路,在他们确认
我就是我之前,离开了黑树林
身后,是红隼和啄木鸟,
阳光下的旅馆,愉快的心情
在那儿我第一次尝到阳光的味道。
我走得很快,希望能
超过那另一个。要是被赶上了
该怎么办,我无法设想。只能前行
为了证明彼此相像,如若真是那样

我会仔细观察直到认出自己。

那一夜我找遍了各种旅馆,
有灰色大街上带着长长山墙的,
有带着庭院的以及郊区的,我走上
一条热切又疲惫的道路,
纯属徒劳。他不在那儿。没有人
告诉过我任何事情,直到那天
有一个像我的人走进那门,
就那一次。我敢于说,"您可能
还记得"——浪花永无止息的海岸
作为朋友胜于那些迟钝的乡下人。

许多许多这样的日子
瞄准那看不见的变幻的目标
什么都没发现,除了治疗
一切欲望的药方。这些并非全部;
他们种下了一种新的欲望,亲吻
失控的欲望中的自我,
欲望之欲望。然而
生命仍在我的灵魂中逗留。
某一个夜晚,我在避雨时
完全忘记了我可以忘记。

一个顾客,接着是女房东
盯着我,带着一丝微笑

尴尬地犹豫着：
他们的沉默给了我时间施诡计。
是否有个长得像我的人来过，
我问到。这诡计显而易见
成功了。因为他们说出了一切。
但等于什么都没说。离旅馆
不到一英里处，我能记起来
他大体长得像我。

他取悦了他们，但我没有。
我比此前更加渴望
找到他并且忏悔，
让他厌烦我也让我厌烦他。
我迫不及待：孩子们可能会猜测
我有什么目的，某些事情
使得回答更加草率。
一个女孩的谨慎却令我恼火，
甚至因愤慨而不愿问候
那另一个，当我们碰巧遇上。

我孤身寻找着。
夜幕降临，风已减弱，道路
寂静如蛮荒的田地，
漆黑赤裸，就在山上。
天地之间有什么
深仇大恨吗？一种强力意志

消弭了它：黑暗中的卷叶林，
黑暗中的屋子，黑暗中不可能的事物
云塔，一颗星，一盏灯，一种宁静
继续着永久的租契：

一切都是大地的，都是天空的；
两者之间并无差别。
一条狗在一个隐蔽的斜坡上吠着；
一只沼泽鸟在看不见的高处鸣啁；
刚刚醒来的乌鸫的叫声
消失在静寂的渴望中。
云朵间最后一道光照亮了
峡湾。我安详地站立，
带着庄严宁静的欢乐，
大地上一个古老的居民。

我曾给时光命名
称之为忧郁，
它并非幸福也非力量
而是像流亡者一样返回家乡，
像弱者离开他们的茅屋，
微笑着，远离人类，享受着，
永恒的瞬间。
我的追寻就是此种幸运
而我追寻什么呢，我仍然
只是追寻着，不去猜想。

那段时光很短暂：又一次到了旅馆
我又上路寻找那另一个
直到在酒馆房间的喧闹声中
他大声地质问我，开始说到
——仿佛这是一种罪过，
我如何思考，如何梦想，如何奔跑
跟着他，日复一日：
他就像活在禁令之下
对此，我还能说什么？
什么也没说，我溜走了。

如今我再不敢跟得
太紧。努力保持着可见的范围
害怕他皱眉，更怕的是他的笑声。
我悄悄离开森林到达光亮；
我看见雨燕从橡子上疾飞而去
在旅馆门口：我停下等待
听到椋鸟叽叽喳喳，
像鸭子一样啄食：我等着它飞翔。
他飞走了，我追随：永无解脱
直到他停止，那时我也将停止。

深山小教堂

教堂和墓碑,古老而稀少,
掩藏在山坳里
远离生活的喧嚣
和视线。小溪像阴影一样
无声地流淌。能听到的只有
永恒的风声
呼啸着刮过草原,人类没有
任何东西比它更尖锐更像一把剑,
它仍旧说道:
"这不过是人诞生以来的一瞬间,
再过一个瞬间
人将永远躺在
土里;而我也是如此
现在,将来,甚至过去
在他到来之前;
直到我化为乌有。"
而午后,太阳照耀着那儿
如此灿烂
小教堂几乎住满了人,
也有农舍烟囱,农舍壁炉:

它只不过
一间农舍那样大小,比
任何平常的空屋子
都要小。
那儿有一个野花园
最美的草地和墓碑在阳光下
变得温暖
一整年。玻璃后面的人们
每周站着歌唱一次,然后沉没
在呼啸的草原上,那里
他们的小马大声咀嚼。而某个地方
无论远近,总有一个人
在这里快乐地活着,
或许是众神之一,那些神
并非有着异于人类的可怕身材
正如诗人们所言。
他们尚未看清众神,如果
在挺立的草叶中
听到世界上任何一种风声,
在阳光下他们就不会惊恐
不会因寒冷而发抖,那时众神还年轻
而风却老了。

鸟　巢

夏天的鸟巢被秋风掀开
有的破碎了,有的移位了,全都变黑,
谁都能看到它们:在树的高处或低处,
在树篱上,在灌木丛里,悬挂着像一个标志。

因为不用眼睛也能看见它们
我不禁感到有些羞愧
我错失了那么多,即使在眼睛的层面,直到
树叶飞走,所见并非游戏。

突然一阵心痛。此刻才知道
我喜欢看鸟巢——待在原来的位置,
在家里或在遥远的路上。男孩们不知道
松鸦和松鼠可能干过些什么。

我最喜欢冬天深藏着的鸟巢
树叶和浆果掉落其中:
曾有睡鼠在里头享用榛子,
而青草和牛筋草籽找到了土开始生长。

庄园农场

岩石般的土块松软了一些,小水渠
沿着路的两边闪耀着奔流而下,
水渠上方柳絮在树篱间摇曳着。
而大地会继续她的沉睡,无视太阳;
我不懂珍惜那镀上薄金的光束
也不懂珍惜二月的美好事物
直到我来到古老的庄园农场,
教堂和紫杉树就在对面,年份
大小相同。教堂和紫杉
以及农舍都沉睡在礼拜日的寂静中。
空气中没有一根麦秆生长。陡峭的农场屋顶,
瓦片微微泛光,吸收着
正午的阳光;屋顶上上下下都有
白鸽在歇息。沉寂中只有一种声音。
三匹拉车的马懒洋洋地
透过额发望着大门外,它们甩着尾巴
驱赶苍蝇,一只孤独的苍蝇。

冬天的脸颊通红,仿佛一下子
耗尽了春天、夏天和秋天

安然地笑着。但那并非冬天——
而是一个亘古不变的被赐福的季节
从农场和教堂中醒来,它曾安全地
躺在瓦片和茅屋之下,多少年了
自从古老的英格兰被称为"欢乐"①。

---

① "Merry England",即黄金时代的英国。这个说法尤其盛行于伊丽莎白时代。

一首老歌（I）[1]

我从未在著名的林肯郡当过学徒，也未在那儿住过；
我侍奉过一位生病的主人，已康复七年多了；
永远不要去偷猎，你很快就会发现；
　　但这是我一年中一个闪亮夜晚的喜悦。

我漫步在只有饲养员和乡绅拥有权利的地方，
在那儿我寻找鸟巢、野花、橡树枝、鼹鼠，无论远近，
不得不逃离农民，我学会了林肯郡歌曲：
　　"哦，这是我一年中一个闪亮夜晚的喜悦。"

多年之后，我散步时，与朋友或爱人交谈，
有时也独自沉思；但当月光清亮
我的快乐或悲伤被这样歌唱
　　"这是我一年中一个闪亮夜晚的喜悦。"

从那以后，我放弃了和猎场看守人争辩的机会；
我很少擅自闯入，我所看到和听到的
大多来自白天的大路小路，而我仍歌唱：

---

[1] 这首诗是对歌曲《林肯郡的偷猎者》的仿写。

"哦，这是我一年中一个闪亮夜晚的喜悦。"

因为如果我满足，无论在家里还是别的地方，
如果我因为无知而叹息，如果我的心因恐惧而猛跳，
唱歌或吹口哨只是一种奇怪的喜悦：
"哦，这是我一年中一个闪亮夜晚的喜悦。"

而我唇边的这首歌，没有人在意，
在室内，在闪亮的夜晚，或在户外黑暗中，
某一刻我就是那个用心歌唱的人：
"哦，这是我一年中一个闪亮夜晚的喜悦。"

一首老歌（Ⅱ）

太阳落山，风缓和了，大海
像一面镜子在摇晃：
浪花拍打着陆地
一英里长的泡沫像蛇一样
潮水已经平静，风吹干了
空荡荡的沙滩。

一道光划开了浮肿的云团
完美地呈现
像一条笔直、狭小的人行天桥
明亮地越过大海向我伸展；
世上不会有第二个人
看到同样的景观。

我欢快地走着，那桥总是
离我仅一步之遥，
一只知更鸟歌唱，阴影中的阴影，
而我所能做的只是重复：
　　"我不再和你
　　四处游荡了，美丽的姑娘。"

水手们欢愉的爱之歌
伴随着暮色和海鸥的鸣叫
夹杂着甜蜜，凭着野性的魅力
比合唱团的演奏更为粗俗：
　　"我不再和你一起
　　四处游荡了，美丽的姑娘：
　　游荡，游荡，因为游荡已经毁了我，
　　美丽的姑娘，我再也不跟你到处游荡了。"[1]

在阿姆斯特丹住着一个姑娘——
好好记住我说的话——
在阿姆斯特丹住着一个姑娘
她是交易中的情人：
我不再和你一起
四处游荡了，美丽的姑娘：
游荡，游荡，因为游荡已经毁了我，
美丽的姑娘，我再也不和你一起游荡了。

---

[1] 所引歌词来自水手小调《阿姆斯特丹少女》，也称 A-Roving。

一首老歌（Ⅱ）　031

峡 谷

峡谷一直阴暗,古老又阴暗。
入口处堵着树莓,荆棘,石楠;
没有一个人攀爬过光滑的白垩
借助山毛榉、紫杉以及枯萎的刺柏
依靠树根,下到侧面悬崖的半山腰
走几步就会有兔子洞。冬天的太阳,
夏天的月亮,所有歌唱着的鸟儿
除了喜欢刺柏的槲鸫,
完全被挡在了外面。峡谷看上去
更为古老和阴暗,自从他们捕杀那儿的獾,
把他挖出来给予猎犬,
英格兰野兽中最古老的英国种。

新　年

他就是那个暴风雨的新年早晨
我在树林里遇到的那个人；一眼看去，
五十码外，我简直无法相信
那个奇怪的三脚架竟是一个人。他的身体
弯成直角，靠着支撑得以平衡
一端是两条腿，另一端是耙：
他就这样休息着，远不像一个人
他的手推车从侧面看像一头猪。
但是当我发现是一个弯着腰的老人，
脑海中马上浮现出"跳背游戏"
里面男孩们也这样弯着腰，
也叫"飞过吊袜带"和"蛙跳"。
听到脚步声，他开始挺直身子；
头像乌龟一样缩在斗篷下；
礼貌地从嘴里拿下没有点燃的烟斗
在我祝他"新年快乐"之前，
他的头向上侧斜着，咕哝着——
透过树林的呼啸，我至今能听见——
"新年快乐，愿它快点到来"，
当我大步走过的时候，他转过身去耙树叶。

空心木

金翅雀在阳光下飞来飞去
沿着蓟草,飞舞,颤动
在空心木上
小鸟像鱼儿游动——
会笑和尖叫的鱼——
来来回回,在低处
灰白的空心木里。

地衣,常春藤,还有苔藓
使树木常青
它们挺立着,树皮剥落大半,即将枯死,
而枯死的树跪倒在
狗蕨藜、常春藤以及苔藓之中:
而金翅雀的光芒投在那儿,
当他在蓟叶上飞舞。

源　头

一整天，气流夹杂着风雨声
凯旋着：
欢呼如愤怒一样震耳，
淹没了大地的声响
窒息中它大口大口吞下，竭力却徒劳
吞下这场雨。

半个夜晚，风雨交加
只有狂野的气流在诉说，
直到河流沉默的源头断裂
淹没了风雨，
咆哮着像沐浴在盛大欢乐中的巨人
这大地的胜利。

便士笛①

新月象牙号角似的悬挂在
赤裸的冰蓝中；
而森林中早已变黑的涧流，
到了冬天，再次变黑。

小溪分开并延展了森林，
仿佛它们从未知晓
太阳，在用黑色空洞的声音咆哮
在愤怒和悲叹之间。

而冬青树旁的篷屋
仍像翠鸟一样闪现其间：
围绕着长满苔藓的烧炭的火炉
第一株报春花寻求人们的观赏。

烧炭工是黑色的，但他们的亚麻服
是白色的，在晾衣绳上随风飘动；
在美好的新月下；

---

① 即锡笛、哨笛，因为很多街头艺人用哨笛表演挣取一便士而得名。

女孩正在读的信也是白色的

她的弟弟躲在灌木丛里,
舒缓而自信地吹着
便士笛,一首古老的童谣,
它所诉说的远比我多。

一个士兵

这个农夫死在了战场上。多少个冰冻的
夜晚他总是在户外睡着,愉快地回答
古板的酒徒、善良的砂床工和无聊的人:
"在格陵兰岛夫人的山楂树丛,"他说,
"我睡着了。"没人知道是哪片灌木丛。小镇上方,
远离"赶牛人"①,威尔特郡下面有
一百个地点。现在他终于在某个地方睡着了
在法兰西睡得更沉——也就是,他保守着秘密。

---

① 赶牛人,当地一间酒馆的名字。

雪

在白色的阴暗中，
在雪的大寂静中，
一个孩子叹息着
痛苦地说："噢，
他们杀死了上面巢里那只白色的鸟，
绒毛纷纷从她胸前飘落！"
它依然从暗淡的光亮中落下
落在为雪鸟儿哭泣的孩子身上。

艾德尔斯托普

是的。我记得艾德尔斯托普①——
这个名字,因为一个炎热的
下午,特快列车罕见地在那儿
停下了。那是六月底。

蒸汽嘶嘶响。有人清了清嗓子。
空空的月台上没有人离开
也没有人到来。我看到的只有
艾德尔斯托普——这个名字

而柳树,柳叶菜,以及野草,
绣线菊,还有圆锥形干草堆,
如同高空中的云朵一样
有着宁静而寂寞的美。

就在那时,一只乌鸫在附近
歌唱,而围绕着它的,隐隐地
越来越远,是所有的鸟儿
来自牛津郡和格洛斯特郡。

---

① 艾德尔斯托普是英国格洛斯特郡一个毗邻牛津郡的村庄。

泪 水

我的泪水似已流尽。它们早该流尽——
它们的魂,若眼泪有魂,也流尽了——那天
二十只猎犬从我身边涌过,尚未搜获什么
当它们嗅到气味时都非常
亢奋激动,聚到一块,像一条巨龙
在鲜花怒放的草甸上奔向太阳
而烦恼就如此跃出:另一天
当我从阴影重重的塔里走出
进入生机盎然、芬芳温暖的四月清晨。
那儿有一种奇异的孤独和寂静。
比塔中的一切还更强大的魔力
充斥着整个庭院。他们正在换岗,
列队的士兵,来自乡下的英国年轻人,
金发,面色红润,穿着白色束腰上衣。打着鼓
吹着笛,演奏着《不列颠掷弹兵进行曲》[①]。
这些人,这乐曲,穿透了孤独
和寂静,告知我从未梦想过的真理,
但随即忘却,当它们的美经过时。

---

① 这是英国最著名、历史最为悠久的步兵行军曲。

越过山丘

它时常一次次返回我的脑海,
那天我越过地平线上的山脊
抵达一个陌生乡村时,我要找的路
就在树篱边半个缺口处,它曾是梯磴,
一团团鲜红的云彩飘过
无边无际的丰收的夜空,
那个旅馆的一切都很友善
都是陌生人。我不知道我失去了什么
直到十二个月后的某一天
我倚着铁锹,突然看清了一切,
虽已远在天边。此后的一年
这几乎成了我的习惯
倚着铁锹回望,想用两天一夜
再去重温。追忆是
徒劳的:奔腾不息的小溪
再不能倒流爬上瀑布
回到那隐蔽处幽静的湖水里,
如锁骨上的凹陷
位于山峰的激流和乱石之下。

高远的天空

今天我想要苍穹,

高耸的群山之巅,

在最后一个人类的屋顶上空,

他的栅栏,他的奶牛,

在那儿,假如能够,我甚至将

俯瞰羊群,白嘴鸦

以及所有能动之物

只有秃鹰在我上方——

越过所有树林,越过金雀花

以及荆棘,无任何阻碍

眼睛只渴望

天空,唯有天空。

我厌倦了森林

还有无尽的

树篱。它们不过是

地面的杂草

这空中的河流

好几里格①深,好几里格宽,

---

① 里格,长度单位,1里格约等于3英里或4千米。

在这里我就像一条鱼
生活在杂草和泥巴里，
不去想头顶有什么。
也许我只是一条毫无价值的丁鲹
今天能做的就是
潜入威尔登的泥水中。
就连丁鲹也有
浮到水面玩耍的时候
在百合花的叶子间
看着天空，不曾悲伤
即使什么也看不到：
而我知道，在那高远的
天空下，树林不过是
野草，田地则是泥块，而我
将起身远行
到百合花所在之处。

布谷鸟

那是布谷鸟,你说。但我听不到。
我记不清最后听到是何时了;但我
清楚记得第一次听不到的那年——
它淹没在工人对着羊群吼叫的声音中:"吼!吼!"

他怒吼了十次
"吼!吼!"但并非生气,那只是他的方式。
他死于那个夏天,因而我清楚记得
布谷鸟在叫,孩子们在听,而我说"听不到"。

此刻,当你说,"它在那儿",我听到的
根本不是布谷鸟,而是那个工人的"吼!吼!"声。
我想即使我没有失去听觉
布谷鸟的音符也会被那个死者的声音淹没。

甘 蓝

他们把长甘蓝堆上方的土质屋顶的
三角墙拆掉了。让阳光进来
照到被荫蔽的白色、金色和紫色的
卷叶上。树林一角,冬天在那里
哀鸣和滴水,这是更为温柔灿烂的景象,
比起那时,在帝王墓山谷里,
一个男孩爬进法老的坟墓
于是,第一个基督徒看到了木乃伊,
神与猴子,战车、王座与花瓶,
蓝陶,雪花石膏与黄金。

而无梦的早已死去的阿蒙霍特普①平躺着。
这是一个冬天的梦,甜美如春日。

---

① 阿蒙霍特普,古埃及第十八王朝的法老。

无名鸟

他发出三个可爱的音符,哨音太轻柔,
如果其他鸟同时鸣唱,就很难听见;
但从五月到六月,在高大的山毛榉树林中
别的鸟儿从未鸣唱。
没人见过他,许多人都在倾听
却只有我听到了。那是四年前?
还是五年前?他再没来过。

听到他鸣唱时,常常只有我一个,
因此无法让别人听到。
啦啦啦!他唱着,似乎离得很远
仿佛一只公鸡啼叫着经过世界的边缘,
仿佛鸟儿或我处于梦中。
而他在林间漫游,有时候明明已经
靠近我,却不知何故听起来
又变得遥远。唯一的证据是——我告诉人们
我听到了什么。

  我从未听过能比这更好听的声音
人,野兽,或其他鸟。我告知

自然主义者们,但他们从未听过
这如此萦绕在我心头的音符,
我用心保存它们,至今仍是。
四年,或者五年,不会有任何改变。
就像此刻的啦啦啦一样,这无形的甜蜜:
如果非得说出是哪种,我想它是悲伤
而非快乐,但即使是悲伤
也是快乐的悲伤,它太遥远了
我品味不到。我不知道
是否除了愉悦真的再无其他
他曾经鸣唱的日子,就如此时一样。
我当然明白,我就是那个倾听者,
时而快乐,时而痛苦
沉重的身躯,沉重的心,
此刻,一想起它,立刻变得
轻盈如同那只鸟儿在我的岸边游荡。

美

它意味着什么?疲惫,愤怒,安逸时的疾病,
活着的男人、女人,或者孩子,现在都不能
让我快乐。然而我几乎敢于笑出声来
当我坐下来构思一个墓志铭——
"这里躺着一个没有人爱
也不爱任何人的人。"接下来瞬间
兴致已经索然。但,尽管我像一条秋夜的
河流,看起来没有阳光照耀它温暖它,
但此时逆风在水面剪开,
我的心,一些碎片,快乐地
漂浮着,甚至穿过窗户漂向一棵树
落到雾蒙蒙、光线黯淡的静谧山谷;
不是像一只田凫归巢
为它失去的事物哀鸣,而是像一只鸽子
无声地斜飞,向着自己的家和爱。
在那儿我得以休息,穿过黄昏的天空
放飞仍然活在我心中的东西。美就在那儿。

磨坊水池

太阳闪耀而雷声已至
轰的一声,
一只鹡鸰扑着翅膀明亮地飞过
磨坊水池的幽暗:

水池中的小岛
桤木树上有更多的咕咕声
雷声轰响穿过降落中的
清凉的水。

白杨树顶惊恐的椋鸟
掠过黑暗的磨坊。
溪流奔腾,怒吼,
在远远的山岗上。

当我伸出双脚拨弄着水花
它们在脚下滑过
一个女孩出现了。"小心!"她说——
很多年过去了。

她吓了我一跳,站得太近
一身白衣:
多年以前我很恼火
直到她从视线中消失。

之后暴雨突然降临,我蜷缩着
避雨,那时她看起来
多么美丽,多么善良,
至今仍是!

人与狗

"这要花点时间。""先生,我想是这样的。"
老人抬头凝视着槲寄生
它们高悬在白杨树顶,不让任何攀缘者
摘取,而并非为了让人们在树下接吻[①]:
他顶着东北风继续行进——
瘸着脚径直向前,倚靠一根剥了皮的崭新木棍,
带着伞、旗篮和旧外套——
走向十英里外的阿尔托。他曾在
吉尔格罗夫[②]干了不少活,那个他停靠的码头。
如果那时他有一个"钱盒",是最好不过的,
可以在那儿一直等着羊群腾出一块地
看半个星期的捡燧石活儿会有多少收益。
他的脑子里全是他曾做过的工作

---

① 北欧神话传说爱神弗丽嘉承诺无论谁站在槲寄生下,都会赐给那个人一个亲吻。于是,这便形成了圣诞节在槲寄生下亲吻的习俗,而且也将其含义"爱、和平与宽恕"的含义永远保存下来,这三者正是圣诞节的精神实质。相传在槲寄生下亲吻的情侣,会相爱到永远。
② 吉尔格罗夫,西萨塞克斯郡的一个乡村。

自从他从新森林地区①的基督城②离开,
七十年代的一个春天——在码头挖掘,沿着海岸线
从南安普顿到泰恩河畔纽卡斯尔——
一八七四年当了一年兵
和伯克郡人一起——锄地和收割,
郡里有一半地生长着玉米和茅草。
他的儿子们,三个儿子,正在打仗,而他却喜欢
锄头和镰刀,以及任何与树有关的事物。
有一次,他从一棵这么高的白杨树上掉了下来:
医院里大家都叫他飞人。
"如果我现在起飞,到另一个世界就会坠落。"
他对着那只棕色的小母狗大笑、吹口哨
她长着蓝色斑点,在沟渠里搜寻猎物。
她狡猾的威尔士祖父一定是跟血统不纯的
配种了。他在威尔士养着羊,很害怕
陌生人,我可以用他的白内障眼担保
他害羞时就会退缩,这是他的伎俩,
然后无声地紧随其后——为了什么?
"不是兔子,但不用担心,她曾抓到过
迄今为止她一直在狩猎。今天她差点就抓到一只:
她可能抓到,也可能抓不到。就是那样,这个蠢蛋!
尽管她没什么用,但一直陪着我,

---

① 新森林地区,地处英国南部地区,在人口聚集的西南英格兰保留着大量的无围栏牧场、低矮灌木丛和森林。
② 基督城,即克赖斯特彻奇,是英国英格兰多塞特郡的一座城镇。

而我却不是。她到哪儿都跟着我。
今晚我必须设法到达阿尔托:
与这样的伙伴一起我得不到临时床铺
从农民那里。但许多人今晚睡得比我
更糟。""就在战壕里。""是的,没错。
但他们会脱离那里的——我希望如此——
这种天气,行军追赶敌人。"
"希望如此,祝你好运。"我点了点头
"晚安,你继续前行吧。"他僵硬地拖着沉重的步子;
他的脚后跟上,易碎的树叶快速翻飞,
树叶色的知更鸟注视着。他们都过去了,
知更鸟第二天才离开,老人也永远地
消失在树林的微光中。

吉卜赛人

圣诞节前两周到处都是吉卜赛人:
大篷车停在荒地上,妇女们蜂拥来到集市。
"尊敬的先生,"其中一个说,"你有一张幸运的脸。"
"而你是更幸运的,"我说,"如果这种衣衫褴褛的
优雅和无礼是幸运的话。""给一便士吧
看在这个可怜的孩子分上。""我确实一分也没有
除非你能给我一英镑,亲爱的。"
"那你能不能分给我半管烟草?"
我给了。因为胜利品够多,她满足地笑了。
我本该多给一些,但她离开走远了,
带着婴孩和她的粉红色假花,又挤进
其他人群,我没来得及把对她的优雅的感激
转换成相应的硬币。我当时什么也没给,
就如此刻我的钢笔蘸着墨汁,什么也没给
他兄弟,他打着小手鼓,跺着脚
演奏音乐,引得路过的工人咧嘴笑,
而他的口琴变成纵情的酒神舞曲
"越过山岗远去"。这歌和他的目光
比整个集市,农夫,拍卖商,
小贩,卖气球的人,挂着弯柄拐杖的牲畜商,驾驶员,

猪,火鸡,鹅,鸭子,圣诞僵尸,都持续得更久。
甚至连跪着的公牛也没有吉卜赛人那样的眼睛。
那晚他为我招来了许多人到林中空地,
那儿比暴风雨的天空还要更黑暗更狂野,我搜寻、观察
像个新来的鬼魂一样。天色越来越黑就像是
死亡的地狱,而我所做的一切只是为了
这演奏时踏着节拍的吉卜赛男孩的黑眼睛中的闪光,
"越过远方的山岗",以及一弯新月。

雄　心

若不是那一天，我永远不知道何谓
雄心。一夜霜冻之后，三月的
阳光尚未明朗，西南风也未到来，
寒鸦已经开始欢叫，轻飞，翱翔，
其中一只独自在高空中，笔直地
冲刺，像一个黑武士高声地
挑战和威吓广阔的苍穹。
而啄木鸟则用一声嘹亮的长鸣
嘲笑猫头鹰刚刚哀号中的悲伤。
在人群骚动的山谷
只有一缕缕珍珠白的云烟飘向高塔
飘过黑暗的树林和灰白的草甸
比天堂里至福的时刻更喜悦。
一列火车呼啸而过，它身后
浮现一座静止的白色凉亭
由最纯净的云朵首尾相连编织而成，
如此美丽，触摸着宁静的呼啸。
这一切持续着而时间无力。我坐下
想到我已创造了青春的美，
用呼吸赋予它生命，并成为它的主人，

别的什么也没有，除了这缭绕的云朵和白霜。
我是无所不能的，甚至不会为自己的
一事无成而悲哀。而结局像钟声一样降临：
凉亭消散，火车呼啸着奔向远方。
但我无法确认这是否就是雄心。
雄心是什么，我无从知晓。

离 别

过去是陌生领地，最为陌生。
没有风吹，或雨落：
即使有，也无法伤害谁。
形形色色的人均匀地分布

在它无声的田野和街道。
那儿的快乐和痛苦无法感知，
冰冷的自我不用忍受
它没有血液、勇气和智慧，

是阴影领地上的一个阴影。
回忆着欢乐和悲伤
给快乐的人快乐；同样地
使悲伤的人悲伤。因此记忆使得

今日的离别成为双重痛苦：
首先因为离别本身，其次
因为结局的不幸令人烦恼
它再次嘲笑过去的我，

并非因为有什么可以补救的
我才继续前行——并非如此,哦,不!
而是因为它本身已不再悲哀;
叹息,愤怒的言语,表情和行为

渐渐褪色:更像是一种至福,
因为它在那里成为精神
存放在永生的昨天
没有什么能这样搅动或拉紧。

屋子和人

一小时了:此刻他和屋子都很模糊
看上去像小溪涟漪里的一个倒影,
当我想起他时;但首先是,他的屋子。
听起来空空的。林木的树枝使它变暗
它们轻触着墙,把生苔的瓦片变成
松鼠的一段小径。在几英里的路上
森林沉默,森林低语,只有
一间屋子——"孤独",他说,"但愿它孤独"——
周围全是向上的树,
而屋子是他的。

    他挥手说"再见"
用笑声掩饰叹息。
他想到处走走而非站在那儿,半像
鬼魂,半像乞丐的破衫,拧得干净
毫无用处地挂在荆棘上
历经多年的风吹雨淋日晒。

我为何又想起人和屋子
只因看到一棵山毛榉的尖顶

就如曾经看到的那样：我站在门口，他在
屋里的阴暗中——一只喜鹊在周围走动，
一只犹疑的风向标般的喜鹊。

失去了才明白

        我从未注意到它，直到
        它消失了——窄窄的矮树林
        砍下最后一棵柳树的伐木工人
        如今去哪儿了，连同他的账单。

        那不过是蔓生的树篱。
        有一片草地那么宽
        我日复一日经过它。
        如今地面光秃秃像一块骨头，

        黑乎乎地在两片绿草地之间，
        而从榛树上新砍下的柴捆
        它们的末端，有一束微光
        作为弥补，它们仿佛曾是花朵。

        真奇怪啊它藏这么近！
        而今我远望时看到了
        那蜿蜒的小溪，
        一条支流的支流发源于那儿。

五月二十三日

没有比这更好的一天了,
再不会有这样的二十三日——
美好而晴朗,五月像五月
还不是最后一天;而刚过去的两天
暴风雨似乎追过来了;
晨间还担心好天气无法持续,
今天却意外美好。石头还来不及变暖,
五分钟的雷雨
又冲刷了它,仿佛是要保护它,
通过一滴泪,让它的美幸运地持续

午间,沿着小巷
老杰克·诺曼再次出现,
快活却年老,高大却驼背
他停下来,在墙那边对我咧嘴一笑,
扣眼里插着一束报春花,
帽子上也有一朵。谁知道他的蹒跚
是因为路上的顽石、坏天气,还是麦芽酒?
他像夜莺一样受欢迎。
没有一刻阳光会在他身上浪费掉。

"我恢复了印第安肤色",
他说。他晒得像收割者一样黑,
像他的短陶烟斗,像昨晚床上
粘在外套上的树叶和刺果,
像被犁成赤色的耕地。
他的报春花被最初的露水滋润着,
世上没有比这更美的花,
也没有比他篮中的水芹更新鲜的叶子。
"你从哪儿弄到它们的,杰克?""别问啦,
我不想对你撒谎。""好吧,
那我也买不成了。""我不想卖。
拿去吧,这些水芹,还有这些花,不要钱。
也许你也有一些东西想给我?"
等下次吧。更好的那一天……
上帝也创造不出的那一天,我说:
"就算他能,他可从没创造过。"
于是杰克摇摇晃晃地走了,
留下他从奥克肖特①水边摘来的水芹
和从威特汉姆山②摘来的报春花。

那一天夏季的蚊虫开始叮人;
尽管被叮了,我却感到快乐:
也为脸上的灰尘感到愉悦。

---

① 奥克肖特,汉普顿东区的一个小村庄。
② 威特汉姆山,位于英格兰。

春天怎么折腾也不会使我悲伤。
蓝铃花覆盖了树林里的车辙，
榆树苗像啤酒花一样铺满路面，
那是美好的一天，五月二十三日，
杰克·诺曼消失的那天。

谷 仓

他们本就不该把谷仓建在那儿——
滴水，滴水，滴水——就在榆树下，
那会儿树还小，如今也老了
但情况还好，不像谷仓和我。

明天他们就会把树砍掉。他们会留下
谷仓，也许就如留下我一样。
是什么保住了谷仓？拆除它不会有收益。
此地没有其他古迹了。

修道院或城堡都没这么古老的
它是约伯骑士在1854年建造的，
为了给老鼠和人类储存玉米。
如今屋顶有鸡，地上有猪。

茅草屋顶留下粪便给农场里
最好的草地施肥。可怜的屋顶
无法忍受割草机割草。
只剩家禽有立足之地了。

过去椋鸟常停在那儿鸣啭
它们吱吱叫，留着尖尖的胡子
啾鸣，亲吻，头朝着天空，
直到想起其他紧要之事。

而今它们再也找不到
任何一个可以筑巢的破洞。
我想这就是小事物的转折吧。
我曾经幻想他们建造谷仓是为了椋鸟。

家

并非终点,却什么也没了。
夏天甜蜜,冬天凛冽
我曾经爱过,友谊和爱情,
人群和孤独:

但我认识它们,并不厌倦;
我明白那意味着什么。
而今,我将再次回家。
该怎样回去?

这是我的悲伤。那片土地,
我的家,我从未见过;
没有旅行者讲述过,
无论他走多远。

如果我能找到它,
我害怕那里的幸福,
或痛苦,可能只是
这儿的梦,这曾经的一切。

记忆病了,尽管轻微
却无药可救,
它带来更坏的、更混杂的剧痛
而非记住那些美好。

不:我不能回去,
也不愿回去,即便可以。
我必须等待,直到双目失明
无视不好的一切。

猫头鹰

我下山了,饿,但不至于饿死;
冷,但内心的热量足以
抵御北风;累,因而屋檐下的
歇息,似乎已最甜美。

我来到小旅馆,拥有食物、炉火和休憩,
才明白自己是多么饿,多么冷,多么累。
夜晚的一切被关在了屋外,但关不住
猫头鹰的叫声,一种极其忧郁的号叫

清晰而悠长地沿着山脉颤动,
没有一个令人愉悦的音符,
却分明在告诉我,那晚我进屋时
逃过了什么,那是别人所无法逃脱的。

我的食物是咸的,而鸟叫声使
我的歇息也变成咸的,彻夜难眠
它为所有躺在群星之下的人们号叫,
士兵、穷人,那些无乐可享的人们。

悬崖上的孩子

妈妈,岩石中的这朵
小黄花的根有奎宁的气味。
今天悬崖上的东西很奇怪。阳光,
如此耀眼,蚱蜢在它的缝纫机上
卖力地干活。我手上就有一只,妈妈,看;
我躺着不动。你的书上也有一只。

但我还有更奇怪的事情要告诉你。所以走吧
把你的书送给蚱蜢,亲爱的妈妈——
像一个绿色的骑士在琳琅的市场——
现在你听。能听到我听到的那个
遥远的声音吗?那儿的泡沫不时卷起
像女孩一样伸出白色的手臂。

鱼和海鸥没有鸣钟。这儿和
德文郡之间没有礼拜堂或教堂,
但鱼和海鸥的钟声鸣响了——听!——
在海底或天上的某个地方。
"是海湾里的钟声,我的孩子
在航标上,今天听起来确实很美妙。"

我从没听过这么美妙的声音,
妈妈,从没,全威尔士都没。
我宁愿躺在泡沫下,
死去,只要能听到钟声,
你一定也会经常来的
好好休息,愉快地倾听。
如果可以的话我会多么高兴。

桥

今天我走了很长的路：
独自来到一座陌生的桥上，
想念朋友们，老朋友们
我歇息着，没有微笑或悲叹，
就如他们想念我时，没有微笑或悲叹。

一切都在身后，善良的
以及不善的，今夜
不过是一个梦。河水
缓缓地流着，淹没了过去，
黑暗中发亮的河水早已淹没了未来和过去。

一个旅人不会再有更幸福的休憩了，
比起这两段生活之间的
短暂片刻，当夜里最初的光
和阴影隐藏了从未有过的事物，
它比将有的或已有的事物更美好，更可爱，更珍贵。

良 夜

山岗上空云雀的鸣叫已远在身后；
我再也听不见郊外的那些夜莺；
城镇花园中画眉和乌鸫徒劳地
歌唱：人、畜、机器的噪音充斥着。

但陌生街道上孩子们的叫喊
应和着熟悉的暮色回荡着，
甜美如夜莺或云雀的啼鸣，完成了
一个奇异欢迎式的魔法，我仿佛国王

置身于人、畜、机器、鸟、孩子以及
在回声中活、因回声死的幽灵之间。
没有朋友的小镇却如此友好；无家可归，却不会迷失；
尽管这些家门我一无相识，所见全是陌生的眼睛。

也许明天以后，我再也见不到
这寻常的街道，灯火通明的教堂窗户，
以及身在其中的男人、女人和孩子：
但这是众友之夜，一个旅人的良夜。

但这些事物也是

但这些事物也是春天的——
在河堤在路边,
枯死已久的干草此刻
比冬天时还更灰白;

一只小蜗牛的壳在草丛中
泛白。碎石块和灰白色
小虫子,以及小鸟的粪便
在纯白的水花中:

一个人把所有白色的事物
错认为早开的紫罗兰,
他在冬天的废墟中寻找
为了偿还冬天的债务,

当北风刮过,椋鸟成群
鸣叫着,在迷雾中
保持着饱满的精神,
春天来了,而冬天还没过去。

新屋子

此刻,我第一次关上门,
独自一人
在新屋子里;而风
开始呼啸。

屋子瞬间变老,
我也老了;
我的双耳因对预言的恐惧
而受到嘲弄,

数夜的暴雨,数日的雾,无休无止;
悲伤的日子,太阳
徒然照耀:旧日的悲痛以及
尚未来到的悲痛。

一切都是预言,我却
无法预知一切,
但历经这些事物的必然之后
我知道了风会怎样发声。

谷仓与山丘

它矗立在落日的天空下
像挺立的山丘,
无数次——小镇
边上的谷仓,

看上去巨大、阴暗,似乎
它就是那座山丘
直到山墙的峭壁证明了
它不是。

之后,西边高高的山丘
渐渐呈现眼前,
谷仓堆满黑暗
夜色漫至山脊;

在辨识的目光和自己
迟暮的强力之中,
谷仓得以恢复为谷仓
甚至变得更小。

看着远景、近景中的谷仓
那时，我微笑着
明白了又一次的审慎
欺骗了自身

轻易相信那就是谷仓
直到几步之遥的改变
抛下一切怀疑走向山丘；
于是谷仓得以报复。

播　种

对播种而言
这是完美的一天；大地
芬芳且干燥
像烟灰一样。

我深深品尝着
远处的猫头鹰
第一次轻柔的号叫
与第一颗星星之间的时刻。

那是漫长绵延的一个小时；
没有未完成的事；
该提前播的种子
都已安全地播下。

而此刻，听着雨声，
无风，轻盈，
半是吻，半是泪滴，
说着晚安。

三月三日

三月三日又到了(她说)
鸟儿连续歌唱十二个钟头
从黎明到黄昏,从六点半到
六点半,鸣叫不已。

今天是礼拜日,教堂的钟声结束时
伴随着鸟儿的歌声。它们融为一体
胜于在同样晴朗的日子里
那宣告冬天已结束的事物。

人们注意到了,但无一说出,
它会如何变化并长久地逗留,
在初春的时光之前,
从不结束,这欢歌的日子?

当它在礼拜日降临,钟声
这野性的自然之音,栖息于
山坡;而鸟儿的欢歌把
神圣性从钟声中剥离了。

这未曾许诺的一日比所有
已命名的日子更为珍贵，
应季的甜美定会来到，
因为我们知道我们是多么幸运。

两只田凫

日落后的天空下
两只高飞的田凫鸣叫着,
比高悬的明月还要白
静静地乘着黑暗的波浪;
比大地还要黑。他们的号叫
是苍穹下唯一的鸣响。
它们独自翱翔,
忽低,忽高,欢快鸣叫
飞向春天淘气的天空,
或俯冲地面,或直上云霄,
越过那个幽灵,它想知道
田凫为何选择在天地之间
如此欢快地鸣叫和飞翔,
当上弦月宁静地
浮现,大地也同样宁静地歇息。

你会来吗?

你会来吗?
你会来吗?
这么晚
你会骑马
到我身边吗?
噢,你会来吗?

你会来吗?
如果今晚
月亮
又圆又亮
你会来吗?
噢,你会来吗?

你能来吗?
如果正午
带来光明,
而不是月光,
你能来吗?
美人,你能来吗?

你想来吗?
不要拒绝,
现在
还是早晨
你想来吗?
爱人,你本想来吗?

如果你要来
就快来吧。
猫头鹰叫了;
天黑时,
无法骑马。
爱人,美人,快来吧。

小　径

沿着河岸奔跑，一道护栏
防止他们掉进大路旁险峻的树林，
那儿有一条小径，能让孩子们
穿过山毛榉和紫杉树丛
去俯瞰漫长的光滑的峭壁，但
一棵倒下的树挡住了视线：大人们
满足于大路和他们所看见的
河岸上空，以及孩子们的讲述。
而银色的小径蜿蜒着，缓慢向前，
被薄薄的苔藓包围甚至侵占——
它们试图用金色、橄榄色和翠绿色
覆盖树根和剥落的白垩，但都是徒劳。
孩子们踩坏了苔藓。他们把高处的河岸
踏平了，脚旁的水流
把苔藓中间变成银色，年复一年。
但大路上没有人家，它也不通往学校。
那儿很少看到小孩，所见只有
路，树木在路边悬伸着
有的长在缺口处，而小径看似

通往某个传说中的地方
或仙境,人们梦想着前往那里
停留在那儿;直到,它突然消失在树林的尽头。

捕蜂罐

月光照着
美丽的湖泊和草地
它们从未如此
美丽过。

这时光属于它们
但它们并不比
那难看的事物
更悦目。

地上的一切，
以及天空中的星星，
那纯净之光都比不上
捕蜂罐珍贵，

于黄蜂而言，它才是
一颗星星——愿它永远摆动
在枯干的苹果树枝上，
闪闪发光。

一个故事

那儿伫立着
荒废小屋的墙。
蔓长春花的茸毛里开出小花
匍匐着爬进了树林。

在无花的时日里
周边——永恒的花朵
在蓝色盘子的碎片上——
永不会停止讲述这个故事。

风和雾

他们在视野开阔的门道里相遇,
这是一片空旷的土地,像天空一样辽阔。
"天气真好,先生。""天气真好。"
"这里的景色真好!若你喜欢这个角度的田野
草地和作物被橡树和荆棘包围着,
这就是个联赛,如果我们和德国
在这个地盘上比赛。可能
也比不上四月的一个微笑。
赛场以外的田野紧密地连在一起
并融合,正如我们的日子汇入过去,
进入树林,那里有一片水域
晶莹如同琉璃。然后是地平线上的群山——
我该怎样把群山展现给一个永远
看不到山的人以告诉他山的样子。"
"是的。向南一眼就能看到六十英里远。
有时人会为它们感到骄傲,似乎
他刚刚用一种强大的思想创造了它们。"
"那座房子虽然很现代,但设计却比不上
它的位置。我从来不喜欢

新房子。你能告诉我谁住在里面吗?"
"没人住。""啊——而我南边的窗口
挤满了人,带着幸福的眼神,
平台在他们快乐的脚下;
女孩们——""先生,我知道,我知道。我见过那座房子
透过薄雾,看起来就像西班牙美丽的城堡,
但更缥缈。我想:'住在那里
会很快乐。'我对此一笑置之
因为我当时就住在那里。""真令人惊奇。"
"是的,我的家具和家人
还在那儿,我了解它的每一个角落
但我哪儿也不爱,事实上我憎恨它。"
"天哪!怎么是这样?请原谅我。"
"并没冒犯到我。无疑不能怪房子
只能怪眼睛透过窗户看到的,
很多日子,日复一日,雾——雾
就像混沌涌动——感觉到它自己
独自在这个世界上,孤立无依。
我们住在云里,几乎就在悬崖边上
(你知道的),如果云雾散去,现出土地
远远地在下面,也像一朵云。
我不知道我爱这土地
直到我在云端生活
大地变成了云朵。""你也有一个日常花园
里面有燧石和黏土。""是的,确实如此,

燧石是一种永远不会歉收的作物。
黏土伤了我的心,又伤了我的背;
至今未愈。还有别的一些事
也是真的。山墙边的房间里一个孩子
诞生于夏日黎明的寒风中:
在那个更加灰暗的世界里,婴儿并不灰暗,
当一声啼哭盖过呻吟声。"
"我希望他们都被赦免了。""他们,是的。
但是燧石、日子和生孩子都太真实了
对这座云中城堡而言。我忘记了风。
请不要让我乘风而去。
你不会理解风的。
它是我的主体,与我相比
那些一直生活在坚实土地上的人
在这风中是很不真实的。
日日夜夜,当风和我
共享这个世界,风统治着我们
我服从了它,忘记了雾。
我和这个世界的过去都在风中。
此刻你可以说,尽管你明白
并感受到风,诸如此类,但你自己
会发现并不相同。你们都是这样的
假如你站在这里,摆脱了风和雾:
我也会跟风和雾交谈。
你会相信年轻的房产经纪人

那种人不理会我所说的。
早上好。只有一句话。我承认
假如可能,我想再住一次这座房子;
因为我应该乐于尝试重返年少。"

一位绅士

"他抢劫过两家俱乐部。索尔兹伯里的法官
判得再重也不过是他无疑应得的
惩罚。这恶棍!看看他的照片!
色狼!他这种人
绞刑是完全合适的。"陌生人这样说道,
一个罪行还没被发现或还未做尽的人。
而酒馆里吉卜赛妇女开始了交谈:
"他就是我所说的绅士。
他和卡丽在一起,当她生小孩
他那么爽快地付了
半个克朗。他就是这样,付一整个克朗
会更像他。我从没见他小气过。
噢!多好的一位绅士呀。噢!
上次我们遇见他,他说如果乔和我
到了附近一定要上他那儿做客。
他伸出手把我们家阿摩司整个抱起
仿佛是自己的儿子。我祈祷上帝
保佑他免受惩罚吧,再好的人可没有啦。"

洛 布

山楂时节我在威尔特郡旅行
寻找际遇永不可能带来的东西,
一张老人的脸,饱经生活和风霜的
雕凿和熏染——粗糙,褐色,甜美如坚果——
一张乡下的脸,海蓝色的眼睛——离开他
好几英里之后,仍然悬在我的心头。
他只说了:"谁都可以拦下你。
一条乡间小路,非常笔直,你看那几个
土堆——他们就在那儿挖开了古墓
六十年前,那会我还在逗麻雀。
他们认为可以在那里找到要的东西,
到处挖,但没找到。"

往回走,去找他,有什么用呢?
有三个曼宁福德,阿伯特、伯勋和布鲁斯:
是奥尔顿还是曼宁福德,
我的记忆无法确定,因为
还有奥尔顿·巴恩斯和奥尔顿·普赖尔。
他们都有教堂、墓地、农场和牛棚,
隐藏在小路和小巷的某一边,

除了在飞机上很少能看到；
只有钟声响起、猪号叫、公鸡打鸣时
才能听到。多年以前路终于通往这里。
人们站一会，看一眼，又往回走，
不曾要求路再修近些，至今也不懂得
搬到外面去，住进人世的尘土里。
而且他们还射击风向标
仅仅因为它走调了，他们说：
所以现在铜风向标不动了。
如果蒲公英丰收，然后卖个
好价钱，他们就买得起黄金风向标。

许多年过去，我又回到了
那些村庄，寻找可能
认识我的祖先的人们。我想
他已去世很久，被放置在架子上。
根据我的描述
其中一个被问到的人大喊："这是老伯特斯福德
他说的是，比尔。"而另一个人却说："当然是
白马酒馆的杰克·巴顿。
他去世了，先生，就在这三年。"谈话继续着
直到一个女孩提到沃克山的沃克，
"是老亚当·沃克，你可以在地图上
找到亚当角的标志。"

"那是她的恶作剧。"

第二个人说。他是一个乡绅的儿子
热爱鸟类、野兽、狗以及
能猎杀它们的枪。一出生就爱上它们
一个接一个,就像他热爱土地一样。
这个人可能像巴顿、沃克,或者
巴特尔福德,你要找的人,但
他听起来更像我小时候见过的那个人。
我几乎可以对着他发誓。那就是个流浪的
疯子。家是他唯一得以解脱的地方。
每个人都遇到过这样的人。
当他爱或沉思的时候,是否会避开
终生只走一次的无人的老路?
他是英国式的,如这扇大门,这些鲜花,这个泥潭。
八岁时,《洛布躺在火堆旁》
来到我的书里,这就是我见过的那个人。
他在英格兰的时间跟鸽子和寒鸦一样久远,
把野樱桃树称为"快乐的树",
毛剪秋罗称为"勇敢的布丽奇特";
他心性温柔,如我所猜想的
命名一朵花为"闲散之爱[①]"
那年四月当他从埃克塞特步行到利兹
他称所有杜鹃花为"挤奶女工"。
杰拉德小时候向他学习古老的草药
把野生铁线莲命名为"旅人之悦"。

---

① 闲散之爱:Love-in-idleness,即三色堇。

我们的乌鸫从不唱英语歌曲直到耳朵
告诉他鸟儿称他的简·托伊为"亲爱的宝贝"。
(她就是幸运儿简·托伊,她丢了
一先令,又欣喜地找到一便士的面包。)
因他独有的理由,鸫鹟就是
珍妮·普特。早在所有人之前
就是他最早把那陡峭的山脊称为猪背①山的。
在他的关照下,才有了"邓奇妈妈的臀部②"
这名字。他也可以解释
托特里奇、托特镇以及杂技小巷:
他知道每个地名。为什么"汹涌海湾"
"肯特郡内陆"要这样命名,他可能说。
但是他说得少,做得多。
若是有智者来烦扰他,他就会像蜂巢般
嗡嗡叫以结束冗长的争吵:
而那个懂得所有语言的智者,落荒而逃。
洛布能用一千三百个名字来称呼一个傻瓜,
虽然他从来没时间上学
为了抛弃"狐狸把公鸡的头咬下来"
这种精妙的表达——沉默才是最好的——
忘记并结束自己的思考之后
他能说得和任何人一样好。

---

① "猪背"(the Hog's Back),指的是英格兰萨里群北部丘陵地区的一段山脊,因其地形与猪背轮廓相似而得名。
② 邓奇妈妈的臀部:Mother Dunch's Buttocks,即 Wittenham Clumps,是泰晤士河边上的一个小村庄。

他首先告诉了某个人的妻子，
为了省一法新①，她用燧石磨，弄坏了一把刀
磨刀需要六便士。她听到他说：
"她的脸长得像下了一周的雨"，
往后的年月他一直讲述着这个故事。
穿着蓝色工作服，戴着金耳环，
有时他是个小贩，不会穷到
丧失智慧。这是运送木材的
高个子汤姆，曾经在大厅里和莎士比亚
交谈，那时墙上垂挂着冰柱。
作为猎人赫恩，他经历了艰难的时刻。
不眠之夜他编着别人喜爱的
天气韵诗。而霍布是他的名字，
他养着那头猪以为屠夫会来
带来他的早餐。"你想错了"，霍布说。
当肯特郡还有国王的时候
他的羊长得肥美，自己也很快乐，
在坎特伯雷与国王的女儿举行婚礼；
他独自一人，不像乡绅、领主和国王，
在她身边守了一夜，一刻都没入睡；
于是两个人都醒着。他年少的时候，
就赢得了一个富翁的女继承人，她又聋又哑又悲伤，
他把他的驴背在背上，以此鼓动她
来嘲笑他。因此他们结婚了。

---

① 法新：1961年以前的英国铜币，等于1/4便士。

当他还是个鞋匠小学徒的时候
他就设计让巨人发动洪水
来淹没什鲁斯伯里。"还有多远?"
巨人顺便问道。"我忘了;
看看这些我在路上穿坏的鞋子
可我们还没到达。"他倒空袋子里
所有待修补的鞋子。巨人让塞文河筑坝用的泥土
从他的铁锹上掉落,从而造就了
里京山;巨人在他的靴子上刮了一下
于是小厄考尔山从地面凸起。而我们的
杰克这么年轻就已经是愚人村[①]的重要智者。
在他成为智者之前很长的时间里
远在这之前,那时他长得又粗又壮
吃着熏肉,时不时地唱首歌
只是闻闻,就像巨人杀手杰克那样
他出了名,他还碾碎了磨坊主,
那个把人骨磨成面粉的约克郡人。

"你相信杰克死于非命吗?
你相信他的名字是沃克或伯特斯福德,
或者巴顿,只不过是一个小丑、乡绅或者领主?
你看到的那个人——《洛布躺在火堆旁》,杰克·凯德,
杰克·史密斯,杰克·穆恩,各行各业的可怜杰克,
年轻杰克,老杰克,或者别的什么杰克,

---

① 愚人村:即 Gotham,英国传说中的愚人村。

栅栏里的杰克还是沿着墙跑的罗宾,
罗宾汉,褴褛罗宾,懒汉鲍勃,
无人之地的领主之一,好人洛布——
虽说有人看见他死在滑铁卢,
黑斯廷斯、阿金库尔还有塞奇摩尔[①]——
而他还活着,永远不会承认自己已经死了
直到磨坊主不再把人骨磨碎制成面包,
直到我们的风向标再次鸣叫
直到我把房子从小巷
搬到大路。"说完他就消失了
榛树和荆棘缠着老人的胡须。
当他站在那里,瞥见他的背影
正在选择自己的路,以证明自己有着老杰克的血统,
也许是小杰克,一个当今的威尔特人
从出生以来,他一直就是。

---

① 都是战场名字。

挖　掘

今天我只用气味
思考——枯叶散发的气味，
以及蕨菜和野胡萝卜种子的气味，
还有方形芥菜地的；

气味升起
当铁锹挖伤树根，
玫瑰、红醋栗、覆盆子、羊角芹、
大黄或香芹；

还有烟火味，
那儿篝火烧掉了
死去的，废弃的，危险的，
一切都转向甜蜜。

去嗅，去敲碎黑土块，
就已足够，
当知更鸟再次歌唱
欢乐秋日的悲歌。

恋　人

　　路上的两个男人吓了一跳。
　　这对恋人出现时,遮着眼睛防晒,
　　从未见过她脸颊这样的白,
　　她秀发这样的黑。"不止一种事物
　　一个人可能会变成一片树林,杰克。"
　　乔治说。杰克低声说:"他没有枪。
　　我是说,再好不过了。
　　他们要走另一条路,看,她在跑。"
　　她跑了。"真好啊,摘下的这朵山楂花!"

悼 念
（1915年，复活节）

繁花留在夜幕降临的树林里
这个复活节让人想起了那些人，
此刻远离家乡，他们，和他们的爱人，本该
一起采摘花儿却再也不能。

头和酒瓶

高地将失去太阳,白色香雪球
将失去蜜蜂的嗡嗡声;
但是马车里向后靠的头和酒瓶
将永不分离
直到我像午夜一样冰冷而我的所有时辰
是没有蜜蜂光顾的花。
他不看,不听,不闻,不思,
只是喝,
很安静,比院子里伸展着的树枝
更安静。

家

以前我常走这条路:
如今似乎永不可能了
我也未曾去过别的地方;
这儿是家,我们所归属的
族群,我以及歌唱的鸟儿,
一种记忆。

他们迎接我。那一夜,
我从某个遥远的地方回归
四月的薄雾,寒冷、平静,
这不变的一切,意味着熟悉
愉悦,而又陌生,
而酒吧已经不在。

小路旁橡树顶上的画眉
唱着最后一首歌,或倒数第二首;
当它结束歌唱,榆树上
另一只的最后一首
才刚刚开始;它们和我都明白
这一天结束了。

经过他那暗白色的屋子前
一个工人走了过去,他的脚步声
缓慢,半是疲倦,半是放松;
离开小屋,穿过寂静,
锯木的声音环绕着
沉默所诉说的一切。

健 康

四英里一跃而过,越过阴暗的空谷,
到达冰雪覆盖的陡峭的山坡,黑色的杜松林,
我的双眼轻松又愉悦地游走着:
而身体却几乎跳不过四码。

这是最好的与最坏的——
永远无法知晓,
但要欢畅地想象,纯粹的健康。

今天,如果我突然拥有健康,
我无法满足内心的渴望
除非健康状况改善,
空气是如此美好、温柔、清澈,
春天承诺一切,至今无不实现;
在看到这片天空赐福于土地之前
我从不知道什么是蓝什么是白。

如果我是健康的,也无法如我所愿
那么远那么快地骑马、奔跑,
或在大地上空飞行:我将疲惫地抵达威尔特郡;

我本该在到达威尔士之前就改变想法。
我不能爱；不能要求爱。
美丽依然遥不可及
无论我翻过多少山峰；
宁静总是更遥远。
也许我什么都不该指望
用眼睛跃过这样的四英里；
也许我不该充满迫切的欲望，
或充满与欲望同步的力量。

然而我并不满足
甚至明白了我永不会满足。
满足于健康以及所有的力量
在少女的美丽中，在诗人和战士中，
在恺撒、莎士比亚、阿尔西比亚德、
马泽帕、莱昂纳多、米开朗琪罗中，
在笑容比露水上的阳光
更可爱的少女身上，
我不能像鹡鸰那样跳上跳下
在屋顶斜坡温暖的瓦片上叽叽喳喳
快乐而甜蜜，仿佛太阳自己
选取了这首歌
仿佛手在猫的皮毛上擦出火花：

我无法像太阳一样。
我也不应满足于

像鸟儿一样小,或像太阳一样强大。
因为鸟儿不知太阳,
太阳则看不见鸟儿。
但我几乎自豪地爱上了鸟儿和太阳,
尽管今年春天,我的身体无法跳过四码。

哈克斯特人

他的背驼得像猿猴一样；
他没有很多钱；
只有一件两倍于他腰围的华丽外套
世界上再没有比这更简朴的事物了
　　在这明媚的五月清晨。

但这个哈克斯特人有一瓶啤酒；
他驾着马车，妻子坐在身边
并不在乎他的贫穷和驼背；
他们笑着沿小路颠簸向前
　　在这明媚的五月清晨。

她沉溺

她沉溺于野外鸟儿所说的
暗示或嘲笑,日日夜夜,
画眉,乌鸫,所有五月歌唱的鸟儿,
　　以及无歌的鸧鸟,
鹰,苍鹭,猫头鹰和啄木鸟。
它们从来不跟她说起
　　她的情人。

她嘲笑它们的孩子气,
因它们的粗心而哭泣
看到她失去了爱情
　　仍然歌唱和鸣叫
就好像他并没有成为鬼魂,
也不曾问她失去了什么
　　发生了什么。

而她幻想乌鸫藏着
一个秘密,而画眉是在斥责
因为她认为死亡可以分开
　　她和她的情人;

而她已经入睡,试图译出
布谷鸟对它的同伴
　　反复诉说的话。

歌

诗人的眼泪,
比任何微笑都甜蜜,除了她的,
她笑;我叹息;
而倘若她死去,我也无法活着。

在六月
布谷鸟再一次沉溺在自己的曲调中,
她笑着叹息;
她说她爱我直到死去。

猫

孩子们给她取了名字；
但没人爱她，他们只是
拥有她，睡觉时把她锁在门外
适时把她的幼崽活活淹死。

然而，春天时，这只猫
吃掉了乌鸫、画眉、夜莺，
还有声音明媚、羽毛光亮、飞行敏捷的鸟儿，
以及邻居桶中的剩饭。

我因此厌恶她，憎恨她；
画眉胸部的一个斑点
能值一百万这么多，她已
活了这么久，直到上帝让她安息。

忧 郁

雨和风,雨和风,无休止地咆哮着。
夏日暴风雨、狂热和忧郁在我身上,
施了魔法,因此如果说我恐惧孤独
那我更恐惧一切陪伴:太强烈,太无礼,
曾是人类最睿智最亲切的声音。
我不知道我渴望什么,但不管我选择什么
我知道它必然是徒劳的。而绝望也毫无价值
但在野外的空气中,奇异的芬芳更加奇异了
整整一天,我听着远处布谷鸟的鸣叫
柔和如琴声,不远处瀑布的声响,
更是柔和、久远,仿佛身处历史之中,
那些流言触动过我的朋友、我的敌人和我。

今 晚

哈利，你知道夜里
城堡小巷的云雀
在高高的阁楼上歌唱
仿佛电灯
是夏日山谷上空真正的太阳：
今晚吹口哨，别敲门。

我应该早点来，凯特；
我们会在城堡小巷里
没人看到的地方依偎着
只有我们，无须灯光
不需要夏日山谷上空的太阳：
今晚我可以待到夜深。

四 月

天地之间
最甜美的事物，我曾想
是当迷雾得到谅解时
那最初的微笑，
以及太阳悄悄出来
若隐若现，定于七点钟照耀
沾满露水的长长的青草，
浓密的报春花以及参差不齐的嫩叶，
当泥土的气息，温暖湿润，远远超过
最旺的火炉、响亮的"布谷"声
夜莺尖锐的"啾，啾，啾"：
我所能做的就是说，"上帝保佑它"。

如今我明白更甜美的是
那天艾米莉
哭泣着转向我
而我，仍然愉快地
请她原谅——
我微笑着，带着可能
获得谅解的确信——

而她不曾原谅过我，我不明白为了什么，
她也不会告诉我，如今我忘记了，
过去所有的忧虑伴随着我的狂喜
仿佛抵达了四月的一个小岛，比四月本身
更美好。"上帝保佑你"，我对她说。

荣　耀

晨光之美的荣耀——
布谷鸟啼叫着掠过无人碰触的露水；
乌鸫发现了它，而鸽子
诱使我走向比爱更甜美的事物；
白云均匀散布着，美如新刈的干草；
这热烈，这激荡，这庄严的空虚
来自太空、草原、森林以及我的心：
——荣耀邀请我，却让我蔑视
自己所能做的、所能成为的，
除了美好的动作、形状和色调，
我所设想的幸福正是居于
美的存在。我今天是否应该
去寻找与这美相配的智慧或力量，
即使远至天堂和地狱，也要出发
踏着黑色小水滴点缀的苍白尘土，
找到一切我所要寻找的——在这希望中
倾听榛树林里那些我们一无所知的
看似短暂的幸福事物？
或许我必须满足于不满足的
就像云雀和燕子不满足于双翅？

我是否应该在白日已尽时再问一次
美是什么,幸福能让我有
什么意义?我是否应该抛开一切,
快乐,疲倦,或两者同时?或许我该明白
过去我一直是快乐的,
有一刻忘记了我多么容易抑郁,
多么容易沉闷,途中什么也没带,
是时间吗?我无法咬到日子的核。

七 月

除了云什么也没动,如镜的湖面上
云朵的投影和小船的影子重叠着。
只有我打破这炎热的昏睡以及漂浮的孤独
以验证我看到的是鸟还是尘埃,
或弄清岸边的树林是否醒着时,
小船才会自己动荡。

黎明之后漫长的时光——蔓延——继续攀升
或降到深处,——我看见清凉的芦苇垂挂在
天空的倒影中更清凉的映象上:
那儿没有什么值得如此漫长的思考;
在遥远的树叶间,斑鸠所说的一切,
使我心满意足,就这样安静地躺着。

白垩矿

"这就是那条弯曲攀升的路吗?
围绕着一个曾经的白垩矿:此刻
它偶然成为一个圆形剧场。
一些白蜡树耸立在齐踝深的荆棘丛中
树莓扮演着自己的角色,不说话
也不乱动。""但是看:那些人全都倒下了,
荆棘和树莓已经覆盖了他们。"
"就是这个地方,平时没人来。
我几乎无法想象斧头掉落,
砰,像回声,一直在这儿响起。"
"我不明白。""哎,我意思是
我已经看过这个地方两三次了
顶多只剩下空寂和静默
萦绕着我,仿佛在此之前
它还不是空寂和静默的,而是充满了
各种生命,也许是个悲剧。
这儿发生过什么不寻常的事?"
"据我所知并没有,它被叫作'山谷'。
人们已经一个世纪没在这儿挖白垩了。
那正是白蜡树的年岁。我再问问吧。"

"不,不用。我喜欢编故事,
最好让它就像剧终一样,
演员、观众和灯光都消失了;
此刻看起来正是如此。在记忆中
我反复地看到它,奇异的黑暗,
看不到任何生命,这儿与世隔绝。
我们也没遇见拿斧子的樵夫。
我俩来的时候,有个鬼魂正好走了。"
"你是在怀疑这是否是那条路?"
"嗯,有时候我想起来了,但无法
指出它的位置,即便是现在
我也不确定是否就是这里。因为别处
或真或假,可能会混在一起。
也许是我自己回到了很久以前……"
"哦,有一次,我曾遇到过一个人——
记不起是谁了——他沿着大路
寻找鸟巢,还到白垩矿里去找。
鹡鹆的洞穴像一只注视着他的眼睛
等着辨认。他认识每种巢穴。
这边看看那边瞧瞧,脖子都僵硬了,
一年又一年春天,他笑着告诉我——
那种笑声。他是个游客,
一个四十岁的男人——抽着烟,四处闲逛。
在运动场和十字路口,快乐和痛苦融合在
他棕色的面孔上;——我想两者都消失了——
温和而狂野,你所知的那种。

有一两次有个女孩和他一起散步,
二十岁的女孩,长着一张棕色的男孩脸,
棕色的头发像画眉或坚果,
浓浓的眉毛,闪闪发光的眼睛——""你说得够多了。
一对儿——自由的思想,自由的爱——我知道这种:
我不想把我的幻想和它们混在一起。"
"你高兴就好。我宁愿听实话
否则什么都不听。事实上,这儿什么都没有
只是一个曾经喧嚣过的寂静之地,
有树木和我们——自古以来,我们人类
和树木就是不完美的朋友;然而
两者之间仍然孕育着一种神秘。"

五十捆柴

它们竖在那儿,头朝地,五十捆柴
曾是榛树和岑树下的灌木
长在珍妮·平克斯的矮树林里。此刻
它们挤在树篱旁,仅仅成为一个灌木的幻梦
老鼠和鹪鹩能够爬行其中。来年春天
一只乌鸫或知更鸟会在那儿筑巢,
习惯它们,以为它们会保持
对于一只鸟而言的那种永恒:
但今年春天太迟了,雨燕已经飞来。
搬运这些柴火时天气已经很热了:
它们最好永远不要温暖我,但它们必须
燃起好几个冬天的炉火。在它们燃尽之前
战争也该结束了,许多别的事情
也会结束,也许吧,我并不比
知更鸟或鹪鹩更能预见或把控。

莎草莺

这种美如梦如幻,让我想起
很久以前,无法重现的那片天地
那里小溪清澈闪亮地奔流
穿过黄铜一样明亮又柔和的
毛茛和金盏花,滋养牧场的青草
风中倾斜和奔腾的事物,承受着
另一种美,神圣而温柔,
太阳的孩子,一个灵魂无瑕的仙女
每天充满着爱,永不憎恨,永不疲倦,
她是凡人和众神共同的情人。

精疲力竭之时,我摆脱了这个梦
它的毒,平息了我的欲望
因此我只是看着水,
水比任何女神或人类的女儿都清澈,
我只是倾听,当它梳理深绿色的秀发
千万朵水毛茛的白色小花,
晃动着,凝成一片
远处公园里,花朵从栗子树上
落下来。而莎草莺如此轻巧地紧抓着

柳条，歌声比云雀更悠扬，
迅捷、尖锐、刺耳的曲子，配上这
炎炎烈日，也不会减损水的清凉，
从缝隙里涌出，在池塘形成漩涡。
这曲子没有歌词，没有旋律
却全是甜蜜，对我而言弥足珍贵
胜过那最甜美的和谐的吟唱。
这是五月里最好的时光——棕色小鸟
聪慧地、无休止地重复着
人类无论在校内还是校外，那尚未学会的。

我给自己建了一座玻璃房子

我给自己建了一座玻璃房子,
花去了许多年的光阴:
而我很自豪。而此刻,唉,
上帝啊,别人会来破坏它吗?

它看起来太华丽了。
没有邻居扔来石头
朝着他独自居住的
出租屋,或,玻璃殿。

词 语

从我们这些
写诗的人之中,
你有时
会选择——
就像风儿
利用墙上的缝隙
或排水沟,
让欢乐和痛苦
呜呜穿过一样——
选择我吗
英文词语?

我认识你:
你像梦一样轻盈,
像栎木一样粗硬,
珍贵如金子,
像罂粟和玉米,
或一件旧斗篷:
像我们的鸟儿
甜蜜,悦耳,

像伯内特蔷薇
在炎热的
盛夏,
像死去的和未生的
奇怪的角逐:
陌生而甜美
平等,
而又熟悉,
对眼睛而言,
像一个人所熟知的
最亲爱的面容,
像失落的家园:
尽管远比最古老的红豆杉
还更古老——
像我们的山峦,古老——
一次又一次
披上新装:
像我们雨后的溪流
一样年轻:
像你已证明的
我们热爱的土地
一样可亲。

使我满足于
某种甜蜜
来自威尔士,

那儿的夜莺
没有翅膀——
来自威尔特郡和肯特郡
以及赫里福德郡,
来自那儿的乡村——
来自那儿的名字和事物。

让我偶尔和你
跳舞吧,
或攀登
或意外地站在
狂喜之中,
稳定又自由,
在韵律中
像诗人们那样。

话 语

我已忘却很多事情
重要的，不重要的，
一切都失去了，像没后代的女人的孩子
以及孩子的孩子，在纯洁的
永不再现的深渊。
我也忘了那些勇士的名字
他们在古老的战争中，失败或胜利，
忘了国王、恶魔、神、多数星辰的名字。
我忘了我已忘却某些事情。
而次要的那些，却记住了，
但有一个名字——
尽管它空洞无物——我不会忘记
永不会消亡，因为春去春来
一些画眉鸣唱时学着将它说出。
总有一只会在正午清晰尖锐地
说出——那个名字，只有我听到的名字。
也许正当我想着更为古老的气味
如食物一般，也许正当我满足于
记忆一样的野玫瑰花香，

突然有一只鸟对着我呼喊这个名字
它在灌木丛的某个地方
一遍又一遍,一种纯粹的画眉话语。

在树林里

这古老的树林还年轻的时候
画眉的祖先
甜美地歌唱
如同在古老的岁月里。

此处没有花园,
没有苹果或槲寄生;
没有宝贝孩子们
跑来跑去。

这茅屋是新的,
而看守人年老了,
他没有
太多铅或黄金。

山毛榉和紫杉常常沉默:
当他在树林里
四处走动,为了观赏
稀有的树木。

而今他从大多数人的记忆中
消失了,
他的一只白鼬
仍徘徊着不肯离开,

只剩一种,干枯的绿色,
没有任何气味,
几乎看不见
在这间小屋的墙上。

收干草

远处雷声响了一夜之后
火热的白天有了一种冰冷的甜蜜,
在完美的蓝色中,云朵舒展,
仿佛创世之初,苦难未至,
众神浮游在没有风暴的海洋
在美和神圣的欢娱之中。
树叶轻轻散落在平坦空旷的
白色路面——冬青树的秋天在六月降临——
而冷杉却挺立在炎热之中。
磨坊脚下的水流翻滚,颤动着白色的
闪亮的水晶,比一群喧闹着
涌出学校的学生还要快乐。
小灌木丛中,一个熟睡的人
也许就在平躺中永久地消失了,
白喉蜂鸟和庭园林莺不停地歌唱;
在它们上空,雨燕喜悦地尖声鸣叫
翅膀和尾巴尖锐细长如离弦之箭。
路上尽是忍冬和新割的干草
散发出的香气。田野的斜坡下,
公园一样,柳树指向小溪,

晒干草的人歇息了。搬干草的人躺在
阳光下；长长的货车停在那里
不在车队中，它似乎永远不会
走出那一株紫杉的阴影。
车队静静停着，直到任务完成，
工人们在树下享受阴凉
那是田野中央的三棵矮矮的橡树
周围是未经修剪的草地和杂草。
一个曾经是白垩矿的土坑，如今
长满坚果林和接骨木，那么干净。
工人们倚靠着耙子，准备开工，
但谁也没动。一切沉默，一切老去，
晨光中，是不为人知的无尽岁月，
比克莱尔和科贝特，莫兰德和克罗姆，
比田野遥远的边际，比农夫的家
那座蹲伏在大树底下的白色房子，还要古老。
苍穹之下，不知何年何月
那些人，牲畜，树，农具
甚至说出了在遥远的未来要讲的话——
我们全都脱离了岁月沧桑——
在一幅古老农场的图画中得以永生。

一个梦

梦中与一个老朋友越过熟悉的田野
我正走着,突然来到一条陌生的小溪边。
黑暗的水流迸发耀眼的光芒
从大山的心脏涌出,进入明亮之中。
它们在阳光下奔流了一小段,然后折返
跌入一个深坑,再次回到它们
诞生时的黑暗:我站在那儿想着
多么洁白啊,日光照着水流,它们
起伏、翻卷。这咆哮声和嘶嘶声
这深渊中的剧烈动荡
使我茫然,以至于忘了朋友
一直到最后也没见到他,也没寻找他,
当我从水边醒来,回到人间
说:"总有一天我会再来此地。"

小　溪

有一次我坐在小溪边，看一个孩子
玩水，我是如此沉迷其中。
乌鸫歌声醇美，而画眉叫声尖锐
它们都在不远处的橡树和榛树丛中，
消失了。萧索的艾蒿散发出
一种蜂巢似的气味。而石头穹顶
下方，拉车的马总是踢到
低飞的蝴蝶。它吸收着天上
太阳散发的热量。在地面上
变热的石头上歇息，如此心安，
仿佛再也没有马车会经过
那条路，仿佛我是最后一个人类
而它是第一只同时享有
土地和太阳的昆虫，并深知两者的价值。
我坐在微光和蝴蝶之间，
小溪在运动，在发声，
水在砾石上翻滚着，
永不止息，奔流向前。
一只灰色的翔食雀静静地立在栅栏上
我坐在那里，仿佛自从马车夫和马

躺在荒原上长满冷杉的古墓之下，
我们就一直坐在那里，
最终马车夫和安着银蹄铁的马，
在高地上飞奔而去。我所能失去的一切
都失去了。后来孩子的声音唤醒了死者。
"以前没人来过这里"，她如此说道
这也是我的感触，但至今找不到
一个词可以表达，在我收集景象和声音之时。

白杨树

日日夜夜,除了冬天,无论
旅馆、铁匠铺和商店上空是什么天气
十字路口的白杨树总在一起谈论着
雨,直到最后的叶子从树梢落下。

铁匠铺深处响起了
锤子、鞋子、铁砧的打击声;旅馆传来
叮当、嗡嗡、轰轰的声音以及即兴的歌声——
五十年来都是这些声音。

白杨树的低语没有被淹没,
昏暗的玻璃窗和人迹罕至的街道,
天空般空荡,混杂着其他声响
召唤着他们住所里的鬼魂,从未停息,

寂静的铁匠铺,寂静的旅馆,无论是
在皎洁的月光中还是在浓稠的黑暗里
在暴风雨中还是夜莺的夜色里,
都能把十字路口变成鬼魂的场所。

即使附近没有房屋，一切同样如此。
无论什么天气、什么人和什么时刻，
白杨树必然摇动着叶子，人们也许能听见
但不必聆听，像听我的诗那样。

无论风刮走什么，白杨树和我都有着叶子①
我们只不过如白杨树那样
无休止地、无缘无故地悲伤，
也许人就是一棵会思考的奇异的树。

---

① 原文leaves，除了"树叶"，也有"纸张""书页"之意，与诗相关。

磨坊的水

古老的磨坊
只剩下声响;
车轮不见了;
倾斜的屋顶和墙壁上到处是荨麻。

水不再流动
去摇晃白色的水闸
不再坠落,嘲笑
水轮忙碌轰响的音乐。

看水令人愉悦,
白天水声几乎听不到
相对思想和交谈
劳动以及玩乐的喧闹。

夜里,一切不同。
静谧的月光下,
是无边的幽暗,
水声超越感觉涌动起来:

独处或相伴——
当夜幕降临——
悲伤或喜悦
必将萦绕或是终止。

静默一直
只有这个
同伴；
无论在哪儿，一个悄悄混入另一个：

有时思想会被它
淹没，有时则
从中爬出；
一切思想都在这水声中开始或结束，

水上只有空虚的
泡沫跌落
永恒地召唤，
那儿的人们曾有过作坊和一个家。

这 些

海岸和山丘之间有一英亩土地，
窗台外面是我的三个王国，
美丽的大地、天空和海洋
那儿麻鹬什么也不需要，农民在耕作：

我爱的屋子同样爱着我，
树篱长势良好，几棵白蜡树点缀着，
红雀、绿雀和金雀
时常来访，在树上交尾，轻飞：

有一座我永远不需要经过的花园，
残破但整洁，每一朵向日葵
都能成为太阳升起的标志：
泉水，河湾，至少有个池塘：

但我不渴求这些，
也许所谓的满足
迟早会被送来
满足人们，我只渴求命运。

挖　掘

是什么促使我的铁锹,把两支陶烟斗
埋进土里,眼泪还是欢乐?
一支是我的,另一支也许来自
布伦海姆、拉米伊和莫尔佩克的
士兵①。死者的不朽
轻轻地平躺着连同我的一起重现,
距离活着的空气比距离古人的骨头
更近一二码,古人曾惊愕地看到
全能的上帝矗立起庞然大物,
欢笑过,哭泣过,在同样的日光中。

---

① 意指布伦海姆之战、拉米伊之战、莫尔佩克之战等战役。

两间屋子

在灿烂的河岸和太阳之间
农舍微笑着
河边的平地上:
好几英里内,再无其他
如此悦目
回想时能令人愉快的事物,
那温暖的瓦片下如此柔和宁静和清凉。

它离大路不远,但路上的
尘土,以及路人
尘土般的
思绪,却无法
触及它,尽管每个人
停下、转身时,都必然
望向它,就像黄蜂看着一只毛茸茸的桃子。

而另一间屋子很久以前就伫立在那儿:
仿佛墓地之上
草皮在它的石头间
仍然起伏着:

悬铃木垂下黑暗，
笼罩着狗窝和骨头
以及那只摇动链条哀叫的黑狗。

当它吠叫，跨越小河
飞速闪过，
黑暗回荡着回声，
而空虚的过去
一半死者已隐秘地躺下
另一半则从未屈服：
他们永远地，爬出来又爬回去。

鸡 鸣

思想的丛林在夜里生长
被光的利斧砍倒——
夜里,两只公鸡一起啼叫,
用一声银色的奏鸣劈开黑暗:
我的眼前明亮地站着一对孪生号手
它们是荣耀的使者,各占一边,
面对面仿佛在一块盾形纹章中:
农场上的挤奶工人正把靴子的带子系紧。

十 月

那棵有金色大树枝的绿色榆树
树叶朝着草坪滑落,一片又一片——
小丘上的草,乳白色小蘑菇,
蓝铃花,山萝卜,委陵菜,
黑莓和金雀花,在露水和阳光中
弯着腰;微风轻轻吹拂
无法摇落蕨草上的桦树叶;
蛛丝自由自在地飘荡。
松鼠吵闹着,它们的脚步比鸟儿更沉。

丰富的场景再次焕然一新
如同春天,看起来那么暖和
触碰也不再是冰凉;此刻我
如同土地一样美好一样欣喜,
我是某个他物吗,还是与大地一起
紫罗兰和玫瑰,蓝铃花和雪花莲
依照各自的花期,交替出现,
而金雀花任何时节都很艳丽。
倘若这都不算幸福——谁知道呢?

有一天我将把它视为幸福的一日,
而这冠以忧郁之名的情绪
将不再黑暗和阴沉。

没有什么比得上太阳

时光流逝,没有什么比得上太阳,
那么美好,这个世界本就如是,
石头,人,兽,飞鸟,苍蝇,
它触及所有东西,除了雪
无论是在山那边还是镇上的街道。
南面的墙温暖我:十一月开始了
太阳从未像此刻这样灿烂
当枝头上最后的甜李子
在早晨暴风雨的微光中坠落
因椋鸟鸣唱燕子曾经的歌时
震动了它。我无法忘却
没有什么比得上三月的太阳,
或四月的,七月的,六月的,五月的,
或一月的,二月的,极好的日子:
八月,九月,十月和十二月
它们天数相同,却都不同于十一月。
没有任何一个月任何一天,我曾说过——
或者,如果我能活得足够长久,应这样说——
"没有什么能比得上今天的阳光。"
没有什么能比得上太阳,直到我们死去。

画　眉

冬天来临，十一月
你可以读什么
直到四月冬天逝去
还可以再读？

我听到画眉的声音，我看到
它独自在小巷的尽头
光秃秃的白杨树梢上，
不停地歌唱。

你在十一月
能像在四月那样
知道冬天已经过去
必走无疑吗？

或者你全部的学识
是不再称十一月为十一月，
四月为四月，
冬天为冬天——不再？

但我知道所有的月份，
以及它们甜美的名字，四月，
五月，六月，十月，
如你那样称呼

我必须记住
什么在四月死去
并思考在美丽的十一月
什么将会诞生；

我爱四月是因为
它所诞生的，我爱十一月
是因为那些死去的，
它们是什么，不是什么，

而你爱那些友善的事物，
爱那些你能在其中歌唱，
在其中爱、遗忘的事物
一切来临和逝去的事物。

自 由

最后的光已在世上消失,唯有
这如霜的月光铺于草地
在高大榆树阴影的边缘。
仿佛其他的一切都已
沉睡多年,未被遗忘却已迷失
很久以前的人、做过的事情,
以及我全部的怀想;只有月亮和我
还活着,无所事事地站在坟墓前
这儿埋葬着一切。月亮和我都能自由地
去梦想假如我们自由了能做些什么
去做一些我们渴望已久的事情。
没有比这更不自由的人了,
无所事事,且无事可做。
自由只是为了不属于他的东西,
对他而言什么也不是。当如此流逝的
每个小时,都堆积在我面前
我若能和更有智慧的智者一起
不去追问我是否自由,
时光将不会失去,
而我可以把智慧带走

我将是富有的；假如我有能力
抹去每一小时，并永无悔恨，
我也将是富有的，即使如此贫穷。
而我几乎爱着痛苦，
爱着不完美，爱着眼泪和欢乐，
爱着终会逝去的，爱着生命和土地，
爱着这个月亮，它把我留在门内的黑暗中。

这不是简单的对错问题

这不是政治家或哲学家
能判定的简单的对错问题。
我不恨德国人,也不热衷于
用对英国人的爱,去取悦报纸。
但我对那个肥胖的爱国者、
对德国皇帝的憎恨,都出自真诚的爱——
他就是一个,敲锣的神。
我不曾在两者之间做出选择,
也不在正义与不公之间选择。
由于战事和争论,我不再阅读
而是在暴雨中待在树林里
逆风抽烟。两位巫婆的大锅在咆哮。
一边是将变得晴朗而悦人的天气
另一边是英格兰美人
就像她昨天去世的母亲。
因为迟钝,我所知甚少,也不关心。
我将错过历史学家们
从灰烬中扒出的新发现,也许
凤凰就在他们的视野之上静静沉思。
在最好和最卑鄙的英国人之中

我一个人呼喊,上帝啊,救救英格兰,唯恐失去
从未为之拼搏过的事物和受祝福的牲畜。
岁月创造了她,也用尘土创造了我们:
她是我们所知道、所依靠的全部,我们信任她
她是善,必将永恒,我们如此爱她:
就像爱自己,而憎恨她的敌人。

雨

雨，午夜的雨，只有这狂暴的雨
淋着荒凉的小屋、孤独和我
我再次想起自己终将死去
再也听不见雨声，再也不能感激雨
因为自从我降生到这孤独中
雨一次次把我洗得更洁净。
淋着雨水的死者是有福的：
而此刻我祈祷我曾经爱过的人
今夜没有一个垂死或无眠
孤身躺着，聆听这雨声，
无论怀着痛苦还是悲悯，
在生者和死者之间无所依靠
像冰凉的水在残败的芦苇间，
无数残败的芦苇孤寂僵直，
就像我，所有的爱都被这狂野的雨
溶解了，只剩下对死亡的爱，
如果这爱是为了完美
暴风雨告诉我，那我将不会，失望。

如此轻柔的云

如此轻柔的云，
美丽，飘逸，明亮，
在田野和公园投下阴影
在如此黑暗的大地上，

就在此刻，多么轻柔！
美丽、飘逸、明亮的云！
你落在一颗黯淡无光的心上，
留下一个更深的痕迹。

若没有大地可投影，
云朵将毫无价值：
离开你落在我身上的影子，
你的美将会减损，

倘若下一个年代
它仍然被珍视，必是因为
这个小黑影
否则它就不可能。

路

我喜欢路:
遥远而目不可及的
居于其上的女神们
是我最爱的神。

路一直延伸
而我们遗忘时
也被遗忘,像流星
划过,消失。

这个地球上
人类还没造出
这样的事物
它转瞬即逝,又永久持续:

雨水淋湿了山路
若我们不再踏行
它就不会在阳光下闪烁
像一条蜿蜒的小溪。

它们是孤独的
我们沉睡时,尤其如此
因为路上一无所有
旅人此刻只是一个梦。

黎明的微光中
所有云朵都像绵羊
在沉睡的群山上
它们卷入黑夜。

下一个拐角也许会显现
天堂:山顶上
浓密的松树丛,静寂
阴暗,或许隐藏着地狱。

脚经常酸痛,却从没有
令我厌倦的路,
尽管漫长、陡峭、沉闷,
永远蜿蜒向前。

威尔士的山路
路中的海伦,
还有马比诺吉昂①的故事,

---

① 《马比诺吉昂》是根据神话、民间传说和英雄传奇编撰的 11 则中世纪威尔士故事的汇编。

是真正的神之一,

住在树上,
三五成群,如此智慧,
更多的同伴,
在路边,

橡子下
无人居住
只有死者;
那是她的笑声

我在清晨和夜里听见了
——当画眉雄鸟歌唱
快活而无关的事物,
当雄鸡

啼叫,返回夜晚
制造孤独的军队
脚步轻盈
如海伦那般轻盈。

而今所有的路都通向法国
活着的人
步履沉重,而死者
回归轻盈的舞步:

无论路给过我什么
又夺走了什么，
它们一直陪伴我
用它们轻盈的节拍，

盘山路上
无尽的孤独
使城镇的喧嚣
以及暂留的人群沉静。

白蜡树林

一半的树枯死了,而活着的树
影子并不比枯树的更多。
如果它们通向一间屋子,很久以前就倒塌了:
但它们欢迎我,我无故欢喜,停了下来。

树下不到一百步处就是空地——
每一步都比甜蜜的里程更甜——但什么都没了,
甚至没有记忆和恐惧的魂灵扇动不安的翅膀
翻过墙爬下来干扰我

不知不觉我来到了另一头。
此刻,远离群山的白蜡树林带来了
同样的宁静,我在其间幽灵般漫游
带着幽灵般的喜悦,仿佛听到一个女孩在歌唱

白蜡树林之歌如无法阻挡的爱情一样柔和,
慢慢消失在人群中,消失在远处,
但这一刻那些不愿死去的事物显露
而我得到了最想要的,不用寻找、背弃或付出代价。

二月午后

人们听到椋鸟高声谈判着,
一千年前所见如同此时,
乌鸦和白色鸥鸟跟在犁后面
领头的鸟落在最后,直到一声鸦叫
指挥着后面的鸟再次回到前头——古老的
律法,使人们如我一样,梦想着
一千年的尘埃如何落在他的眉宇
而鸟儿如何落在树篱和丛林之间。

时间在我面前游弋,一天如同
一千年,而广阔耕地上的橡树
像磨坊一样轰响,人们在战争中攻击
并承受攻击,一如既往,无畏或顺从,
而上帝仍然坐在高空,在我们铸造的
兵阵中,完全耳聋,完全目盲。

我也许会走近爱你①

我也许会走近爱你
当你逝去
我什么也无法做了
但想说的还很多。

悔不当初对你而言
是不可能的
说出真实对我而言
也是徒劳。

你的虚弱
让我难过:
你离开了,
再无法做什么不做什么,

我甚至无法宽恕

---

① 此诗有另外一个标题为《P. H. T》,"P. H. T"是爱德华·托马斯父亲名字 Philip Henry Thomas 的缩写,这是一首写给父亲的诗。

这葬礼。
但假如你还活着
我却根本无法爱你。

诗人说过的那些话

诗人说过的那些话
关于爱,于我而言似是真的
当我爱,等同于我以
爱与诗歌为食。

此刻但愿我知道
他们的爱是否真实,
我的爱是否真实
而他们的伴生着美丽的杂草:

当然并非如此,
之前或之后,我
曾爱过。我们
决定了,好好爱,在我死前。

仅仅是,我曾爱过
因此一个争论
显而易见被证明了:
我,不爱,就会不同。

没人比你更爱

没人比你更爱
我的肉体,
没人比你更加悲伤
它垂死的那天。

你对我了如指掌
尽管我什么也没告诉你,
你不曾表白
尽管你了解这么多。

从未有人能这么美
如我所想:
我无法忍受任何一个
说你不好的词。

我为你所做的
看起来很俗气
相比我隐藏的
没有付诸行动的一切。

我的眼睛几乎不敢与你相遇
唯恐它们证明
我只是回应你
并没有爱。

我们观看，理解，
我们无话可说
除了琐碎的小事
和最无力的言语。

我最大的可能是
接受你的爱同时悔恨
仅此而已：我仅有的
只是一种烦躁

我无法回报
你的付出，
永远不会点燃
你给的爱，

直到偶尔它看起来
比本来更好。
再也不想见你
宁愿在这里徘徊

唯有感激

而非爱——
一棵孤独的松树
怀抱着一只鸽子。

未　知

她是最美的,
当她们看到她走过
诗人们的女人
不再照镜子
只是追随着她。

荒凉的野地上
在月光下奔跑
她引诱了一个诗人,
曾经骄傲、快乐,不久
就远离了他的家门。

火车旁,
他们或看见她走了
或没能见到,
旅客和哨兵们明白了
另一种痛。

缺少她一人
对我来说甚于

其他所有人的存在，
无论生活是壮丽
还是完全黑暗。

我不曾见过她，
也没有她的消息；
我只能说
她不在这儿，但可能
去过那儿。

她会被亲吻
也许只来自我；
她也许正在寻找
我，而非别人；她
也许并不存在。

白屈菜

起初一想到她我就很悲伤，
直到看见白屈菜上反射的
阳光，她直立着如同火焰，
一种活物，非我照料的，
我几乎就要爱上这个影子，
这个幽灵，而非有明亮眼睛的造物
我知道一旦失去，就再也见不到。

她总是先于所有人发现
二月的白屈菜。她的天性和名字
就像那些花儿，此刻突然在
转瞬即逝的永恒中，她回来了，
美丽、快乐、简朴，佩戴着
在全世界的冬日色调中绽放的
最明亮的花朵；而我也很快乐，
看见了花开和少女
她曾和我一起在二月看花，
她走来走去，俯身向着花儿
欢笑着，发卷拂过长满青苔的地面。

但这只是一场梦:花儿不是真的,
直到我俯身从那片草地上采摘
五瓣的一朵,我闻到了花蜜的芳香
它让我叹息,想起她已经不在了,
仿佛永远无法完全回忆起的空气。

家

美好的早晨，美好的心情，
我们从未见过如此美好的一片土地，
虽然陌生，但未践踏过的积雪
使驯良的变得狂野，驱逐了那些
温顺的、本土的和古老的一切；我们很快乐。

下午也很美好，我们率先通过了
那片雪域，其次才是北风。
只有必需品能让人如此急于返回，
我们没有唱歌，也没有如往常那样
因一开始走得太快而停下歇息。
当冰冷的屋顶进入视线时
更是大步流星，我们必须在屋里过夜。
我们不曾，也不可能快乐，
虽然已经品尝了睡眠、食物和友谊
在一起很久了。
　　　　　　"能有多快呢，"有人嘴里
冒出一句，"战败之马奔跑回家。"

"家"这个词让我们三人浮起了笑容，

有人重复了一次,谁都明白
他的笑意味着什么但没人会说出。
我们被分往三个相距遥远的县
我们陌生地注视着彼此,我们并非朋友
只是一支行将解散的队伍中的战友
理所当然地,各取所需。

什么也没说,什么也不想,
"家"这个词看起来意味着什么
我们走着,落日渐渐模糊。
随后这个词,仅仅这个词,
"想家",玩笑似的出现:
转瞬即逝。

假如我承认
它不仅仅是一个词,我就无法再忍受
哪怕一天:这种囚禁
总有一天会结束,否则我终将成为
另一个人,就如现在看到的我
也许这种生活只是一个邪恶的梦。

解　冻

覆盖土地的斑驳积雪半已融化
伺机而动的群鸦在鸟巢里嘎嘎叫着
它们在草花般娇弱的榆树枝梢上可以看见
而我们在下面看不见，冬天过去了。

假如我意外地

假如我意外地变得富有
我要买下科德汉姆、科克里登,还有柴尔德迪奇、
玫瑰园、皮尔高和拉普沃特①,
然后把它们都送给我的大女儿。
我向她要的租金仅仅是
每年的第一束紫罗兰,洁白而孤独,
第一束报春花和兰花——
那意味着,她必须先于我发现它们。
倘若她找到了一朵金雀花
则不用租金,它们将永远属于她,
科德汉姆、科克里登,还有柴尔德迪奇、
玫瑰园、皮尔高和拉普沃特——
我要把它们都送给我的大女儿。

---

① 都是英国地名。

假如我拥有

假如我拥有这个乡村
远至一个人一天乘车所能到达。
泰斯是我的,无论是赠予还是出租——
温格尔·泰和玛格丽特·泰,
——斯格林斯、古谢斯,还有科克雷尔、
谢尔洛、罗切斯、班迪什和皮克尔、
马丁斯、兰姆金斯,以及莉莉普兹①,
它们的树林、池塘、道路和车辙,
它们的田野,那儿犁地的马匹猛冲向前
哀鸣着的鸻鸟,情人们喜爱的树篱,
还有果园,灌木林
当北风来临时保护阳光不受侵袭的墙,
还有一棵树,画眉在树上快乐歌唱
它的谚语无法转译。
我将把这一切送给我儿子
假如他能给我
任意一首歌,一首破晓时分乌鸫的歌。
但他无法再找到了,我的草坪上

---

① 以上都是地名。

一只不剩,因为我
射杀了它们,并做成了馅饼——
他的每一只埃塞克斯乌鸫,
最后剩下我,变老,孤身一人。

除非我能付得起,一首歌
像乌鸫的一样甜美、悠长——
不再有了——,屋子应该给他,而不是我
玛格丽特或温格尔·泰,
还可能是斯格林斯、古谢斯,或科克雷尔、
谢尔洛、罗切斯、班迪什和皮克尔、
马丁斯、兰姆金斯,或莉莉普兹,
都是他的,直到马车不见了车辙。

我将给……

我将给我的小女儿什么
比让她远离寒冷和饥饿更重要?
我不会给她任何东西。
假如她享有南威尔德和黑弗灵①的
几英亩土地,以及流经其间的两条溪流,
潘恩小溪和威尔德小溪,
有田凫、啄木鸟、天鹅和白嘴鸦,
她已和女王一样富有
女王曾坐在黑弗灵凉亭中
孤身一人,只拥有影子、快乐和权力。
而她可以在萨马尔干,或是
群山中,不断地劳作,
远在村舍之外的白色屋子
就像昴宿星座上方的金星。
我不会阻止她那双小手
拥有这么广袤的田亩和林木,
只愿把峭壁和她自己的世界留给她

---

① 南威尔德,位于英格兰埃塞克斯郡的布伦特伍德区,那里主要是农田和公园。黑弗灵,英国英格兰大伦敦外伦敦的自治市。

戴眼镜的留着直发的自己
以及想要一千件小物品
却没有得到满足的时光。

而你,海伦

而你,海伦,我该给你什么?
我会给你很多
如果我有一间无限大的宝库
供我站在它面前
挑选。我会给你青春,
各种美以及真理,
和我一样清澈的眼睛,
土地,河流,花朵,酒,
众多孩子,如你内心所愿,
一种远比我所期望的
更好的艺术,你失去的一切
也许在流水中翻涌
也许是给予了我。假如我可以
自由选择那个大宝库里
任何架子上的任何东西,
我会把你自己还给你,
以及分辨的能力
什么是你想要的,别太晚去实现,
许多免除忧虑的美好日子

心灵同时享受着丑恶和美好,
我自己也是,假如我能找到
它的藏身之处,在那儿它被证明是善。

风之歌

思想一片空白,走在附近树林里
开满无数银莲花的
女修道院,我已厌倦了春天
直到出门漫游时
爬上山坡,到达一个由六棵松树组成的
孤零零的树林,最高的树枯死了,残留一个树桩。
我坐在一根长长的、没有枝叶的、
剥了皮的、倾斜的树干上,
在阳光中,独自聆听风声,
那一刻我想世上没有一首老歌
能如此悲伤;但此后回忆时
却觉得什么也比不上风之歌的愉悦
它一直回荡在松枝之间。
我枯树一样宁静的心
被西风唤醒,重获自由。

像雨的触摸

像雨的触摸,她落在
他的肉体、头发和眼睛上
行走的快乐如此
令他惊讶:

在爱的暴风雨中他燃烧着,
他唱,他笑,我清楚记得,
但他却在返回时忘却
而我忘不了她说的"现在就走"。

这两个词关上了那扇门
在我和受祝福的雨之间
此前从未关闭过
但再也不会敞开。

我俩散步时

我俩在大斋节散步时
想象着幸福
异于常物
且少有。

但我们乐于隐藏
我们的幸福,而非
展示,像骄傲的
朱诺和朱庇特:

因为诸神出于嫉妒
谋杀了那对夫妻,
而我们明智地生活
自由自在,回忆旧日的幸福。

高高的荨麻

就像这几个春天以来那样
高高的荨麻覆盖了生锈的耙,
长期磨损的犁,石制的碾子:
如今只有榆树的枝干高过荨麻。

我最喜欢农场这个角落:
就像喜欢任何花开一样
我喜欢荨麻上的灰尘,从不消失
除非是为了证明雨水的甘甜。

我从未见过那片土地

我从没见过那片土地,
如今再也看不到了;
然而,仿佛却因熟悉的白霜
因喜悦和痛苦而亲近,
我所承受的感情是伟大的

山谷和小河,
牛群、青草、光秃秃的白蜡树,
农庄里的鸡,全都隐没在
榆树林,众多支流
分布均匀,向前流去;

黑刺李沿着溪岸而下
伤口像黄色番红花
昨天有个农民用弯钩
敏捷地收摘着;微风
暗示了一切,而万物无言。

我从未期待什么
也无法记住它们:但我到达了

某个目标；假如我能歌唱
一切就不只是与我的灵魂低语
当我继续我的旅程，

我应该，像树和鸟一样，
使用一种不会被泄露的语言；
隐藏的仍旧被隐藏
除非有像我这样的人
当低语响起，能踊跃做出回应。

樱桃树林

樱桃树俯身撒下花瓣
在一切过客都已逝去的旧路上,
这些花瓣,铺满草地如同一场婚礼
而五月初的这个早晨,无人结婚。

观看者

在小镇边缘的浅滩
马和车夫休息着:
车夫在桥上抽烟
看着水涌上来漫过马的胸膛。

旅馆客房里,
也有一个人观望着
那儿没有火,只有风景
还有很多箱子塞满了鱼、野兽和翠鸟。

下雨了

下雨了,栅栏内没有动静
穿过人迹罕至的果园、浓密的
欧芹丛。巨大的雨滴钻石
停在草叶上,每一颗都不会破碎
抖落的花瓣也不会向更深处颤动。

我几乎竭尽所能,愉快地
在荒野寻找,即使徒劳,
想想两个人在那儿散步、接吻,
浑身湿透,却忘记雨水之吻:
想到它永不,永不再来,同样悲伤,

若非独自一人,我会快乐地行走
在雨中。当我转身,它的细茎上
暮色已化为乌有。欧芹花显形
静静悬浮,白如幽灵,
过去盘旋着,当它重返光明。

太阳曾经照耀[1]

　　太阳曾经照耀,那时我俩一起
　　缓慢地散步,走走停停
　　时而沉思,时而交谈
　　非常开心,每一晚

　　都愉快地道别。我们从未争执过
　　在哪个门口停歇。对于将来
　　以及刚发生的事,我们不太关心。
　　我们谈论人类和诗歌

　　又转向遥远的战争的传闻
　　一直到两个人都不再倾向什么
　　只关心黄蜂叮过的
　　散发着香气的黄苹果;

　　或是黑暗水苏中的哨兵,
　　那是土地上最庄严的小花
　　长在森林边上;或是淡紫色的

---

[1] 此诗写于1916年,是为怀念1914年与诗人弗罗斯特一起散步的日子。

藏红花，仿佛它们生于

暗无天日的地狱。明月升起
战争又在脑海浮现
那儿东边的士兵也遥望着
明月。无论如何，我们的双眼

也能想象十字军东征
或恺撒战役。一切已经
模糊，像那些褪色的传闻——
像溪水在月光下

闪烁——此刻就如曾经的
散步——仿佛被我俩带走了，而
落下的苹果，所有的谈话
以及沉默——就像记忆之沙

潮水迟早要淹没它们，
而另一些人穿过另一些花朵
在同一轮明月下的野地里
交谈着，享受轻松的时光。

没有人比我更不在意

"没有人比我更不在意,
除了上帝无人知晓,
我是否注定要躺在
异国的土地下。"
这是早晨的军号声中我所说的话。

而笑声、风雨声、嘲笑声,
只有军号知道
早晨它说出了什么,
而他们不会在意,这个早晨
他们吹响了军号,而我听到并说出了这些。

一些眼睛谴责

一些眼睛谴责它们凝视的大地：
一些则耐心等候，直到知道的比大地
能告诉它们的多得多：一些眼睛嘲笑一切
因为别人的愚蠢行为：我知道
有一个人嘲笑是因为他看见，从里到外
没有任何事物配得上他灵魂醒来时
发出的笑声：一些眼睛已经开始
嘲笑，一些吃惊地站在门口。

我看到，另一些在休息，质疑，翻滚
跳舞，射击。还有许多我所喜爱的正凝望着。
有一些我无法移开视线，直到它们转过来
为爱死去。我仍未找到目标。
但一想到你的双眼，亲爱的，我就变成
哑巴：因为它们燃烧着，而烧毁的是我。

当马犁前头的黄铜[1]

当马犁前头的黄铜在转弯处闪光
那对恋人消失在树林里。
有棵榆树倒下了,枝叶散落在
荒地一角,我坐在树枝间看着
马犁使黄色方形野芥菜地
逐渐缩小。每一回马儿转身
农夫都不会踩到我,他倚靠在
把手上说一句或问一句,
首先是天气,其次是战争。
他刮着犁铧又朝向树林那边,
沿着犁沟推进,直到黄铜
再次闪光。
　　　　暴风雪推倒了这棵榆树
我坐在它的树冠上,旁边是啄木鸟的圆洞,
农夫说:"他们什么时候能把它搬走?"
"战争结束的时候吧。"于是谈话开始了——
一分钟之后是十分钟的沉默,
又一分钟之后,是同样的间歇。

---

[1] 此诗写于1916年1月开始征兵之际,蕴含着诗人"化剑为犁"的愿望。

"你出去过吗?""没有。""可能我不想吧?"
"要是我能活着回来,我会去。
我可以缺只胳膊,但我不想失去
一条腿。如果要我掉脑袋,为了什么。因此,
我什么也不奢求……很多人离开这里了?"
"是的。""很多人战死了?"是的,不少。
今年只剩下两套马犁在农场干活。
我的一个朋友死了。在法国的
第二天他们杀了他。那是在三月,
也是暴风雪的夜晚。要是此刻
他还在这里,我们早就把这树搬开了。"
"而我也不会坐在这里,一切
本会有所不同,因为本来会是
另一个世界。""是的,更好的世界,
假如我们能看清一切,一切可能会更好。"
后来那对恋人又从树林里走出来:
马儿又开始犁地,已是最后一次
我看到土块分崩离析
在犁铧和蹒跚的马犁后面。

你说完了

你说完了,
你的意思
很清晰,
我的目光
遇上你的目光——
你的脸颊和头发——
那意味着更有智慧
更加阴暗
且截然不同的东西。
百灵鸟正是如此
爱着尘埃
并安身其中
在他必须
孤独地翱翔的
前一刻。
他如此遥远
像一颗黑色的星星
如
一粒
歌唱的尘埃

飘浮于
天上,
梦想
和棚屋没有光芒。
我知道你渴望的
是爱。

白 云

五月的白云
遮暗了半个池塘。
远处,
只有一个
翡翠色的海湾
高高的芦苇
像刺刀交叉着
一只鸟儿曾在那儿叫着,
白云明亮如同太阳。
没有人留意。
微风吹积
五月落花的
浮渣。
直到松鸡又一次
鸣叫
鸟儿或人
没什么可做的。
五月仍然来到。

一天清晨

五月的一天清晨,我出发了,
周围没有任何熟人。
　　我永远地离开了,
　　离开某地,永远。

没有风干扰风向标。
我烧掉信件,补好袜子。

没有人知道我要离开,
我想总有一天我会回来。

我听到小溪流过镇上的花园。
噢,太阳把芬芳的泥土变为灰尘。

大门砰的一声撞上栅栏,也撞上我的头。
"早安,先生",牧羊人说。

我不能从自由中返回
我的青春,我的爱情,我的痛苦。

过去是唯一散发着芬芳的死亡之物，
是唯一不会飞逝的甜美之物。
　　我永远地离开了，
　　　离开某地，永远。

那是在

那是在一个七月的傍晚
我站在栅栏边,望着一条
乡间小路,又一个春天,它再次
完全被绿色覆盖。"再生草
将会长势良好。"陌生人如此说道,
他是个流浪汉。尽管我静静站着,
却被欲望冲刷着。土地展开,
有如未来的草原,使我着迷。
陌生人的话就如
一个未完成的预言,
这二十年来,那些田野在我身边
从未被重新穿越,此刻我回忆着,
在这七月的傍晚,我想问问,我想知道
这个灰白的春天再生草怎样了?

他喜欢女人

他喜欢女人,长着铁锹胡子的鲍勃,
荒野上的老农夫海沃德,但他
更喜欢马。他本人就像一匹结实的矮脚马,
皮革色的。他还喜欢树。

他爱大多数活物,因为它们有生命,
但最爱的还是树。铁路两旁
全是他种下的榆树,田鸫在树上歌唱
旅行者能在缓慢爬行的火车上听到鸟鸣。

那时铁路还没有名字
它只有茂密的丛林和夜莺
本应为它赢得一个名字。这不怪任何人。
命名一种事物,深爱的人有时也会失败。

多年以后,鲍勃·海沃德去世了,如今
再没人经过那里,因为榆树林中的
雾气和雨水使那段路变得
泥泞而阴郁,唯有这个名字幸存:鲍勃路。

曾经有一段时间

曾经有一段时间,这虚弱的身体是完整的
我正值青春,无牵无挂,
灵魂强大而不受困扰。
偶尔在寒流中
当我的脚跟敲出一段旋律
从落在身后的城市的人行道,
只有此时我才会承认自己的欢欣
它没有我的思想所梦想的
那么强大。我不能炫耀
我所期望的伟力,软弱才是我全部的荣耀。
我一直寻求我所憎恶的怜悯,直到最终
得到了它。哦,多么沉重的代价。
而今为了某些事物我可以用尽
青春和力量,我否认年岁,
否认牵挂和软弱——拒绝
承认我不配得到这份报酬
它付给了一个放弃眼睛和呼吸的人
为了那些对他的死亡不闻不问的事物。

绿色的路

绿色的路消失在森林尽头
这个六月，路面撒着白色鹅毛，

如同进入森林的人为了标记路线
而设置的生命记号。但他再也没有回来。

每个路口都有一间小屋正对着森林。
一间环绕着荨麻塔，两间沐浴在鲜花里。

一个老人沿着一条绿色的路走进森林
迷失了。一个孤单的孩子迷失在另一条。

森林边上的灌木丛中
一只画眉整天卖弄着歌声。

森林很古老，树木却很年轻，
只有一棵老橡树城堡般屹立，在林中最深处。

老橡树见证岁月在森林中流逝：
树木是主人，但它们失去了记忆，

老橡树死后:森林完全被遗忘了
也许唯有我记得,此刻当我看到

老人、孩子、森林边界上的鹅毛,
当我听到画眉整天重复他的歌。

绞刑架

曾经有一只黄鼬和整个家族
生活在太阳下,
直到守林人用枪射杀了他
并把他挂在树上,
他在风雨中晃荡,
在阳光下,在雪中,
没有快乐,没有痛苦,
在枯干的橡树枝上。

曾经有一只不眠的乌鸦,
是深夜里的
小偷和谋杀犯;这个守林人
也使他成为风雨中飘荡的
其中的一员,
在阳光下,在雪中。
再也没有什么罪可以犯了
在枯干的橡树枝上。

曾经还有一只喜鹊,
长舌头,长尾巴;

他能说会做——
但又有什么用呢?
他也在风雨中飘荡
和黄鼬、乌鸦一起,
没有快乐,没有痛苦,
在枯干的橡树枝上。

还有许多别的野兽
别的鸟类,毛皮、骨头、羽毛,
都在宴会上被抓走了
一起悬挂在那儿,
晃荡着,得享无尽的闲暇
在阳光下,在雪中,
没有痛苦,没有快乐,
在枯干的橡树枝上。

黑森林

黑暗的森林幽深,上空
悬挂着的星星,仿佛光的种子
徒劳地,播下以后却从未长出
更加明亮的事物。

而强大的人类始终只在森林周围
逡巡着,从未进入;
森林里存在的族群
也从未有人见过。

林间毛地黄开着紫花,林外的雏菊
是金色和白色的,
两种采花人都无法互相
问候,无论白天黑夜。

该笑的时候

聪明的人非常明白何时该笑:
因为他知道什么是真正可笑的。
更聪明的人也是能笑的人,
或在傻瓜笑时,忍住不笑。

怎样瞬间

当我在丰收的蔚蓝中伸展
看见雨燕的黑蝴蝶结,
我是怎样瞬间知晓
他日再不会
有那样的情景
要等到明年五月
才会再现?

年复一年——
只有孤独的雨燕。
而其他事物,我只有恐惧
它们会结束,终止
突然地
而只有我看见它们
知道它们消失了。

消失了,再次消失了

消失了,再次消失了
五月,六月,七月,
八月也消失了,
再次消失,

除了看着它们消失
我什么也没记住,
仿佛空空的码头上
河水在流逝。

而今又一次,
在收获季节的雨中,
布伦海姆的橙子
从树上掉入污泥,

像我年轻时——
迷失的人还在这儿——
而战争开始
把年轻人变成粪土。

看看这间老屋子
过时,庄严
阴森,无人租住,
生长的青草

代替了生命的足迹、
友谊、冲突;
床上已躺着
青春、爱情、岁月和痛苦:

我就是这样的屋子;
只不过还未死去,
还在呼吸着,喜欢
不阴森的屋子——

我就是这样的屋子:
反射阳光的窗玻璃一块不剩,
无法让男学生们再继续击中——
他们早就把每一块都打碎了。

那个女孩清澈的眼睛

那个女孩清澈的眼睛完全隐藏了一切
除了一些需要提示的东西。
而我的双眼此时又说出了什么?
不多,也不少。它们仿佛被封印
在我死之前不会被打开,
之后便是徒然。我们每一个人
今天早上接到任务时什么也没说,
尽管有很多话。我们就这样被封住,
如同坟墓。直到现在我也无法承认
我所关心的只是快乐和痛苦
我在石头广场品尝着阳光,
或阴暗的修道院中,或飞机的投影中,
当音乐响起,孩子们,一排一排
列队走过,隐藏着"1739"①。

---

① 可能指1739年的英西战争。

他们会做什么?

我走后他们会做什么?很显然
没有我他们也能行,就像雨
没有花和草也能行
但花草却得益于雨,没有雨必将枯死。
我只能看着他们走过喧闹的大街,
对于他们我什么都不是。我转过身
看到他们消失了,没有注意到我。
假如我在他们心目中像他们
在我心目中一样珍贵无价会怎样?
我几乎产生了这种想法:花朵的圣杯里
   仅有的雨水渴望一次干旱
只留存于花朵的圣杯里,
那时有人转过身来,轻声笑了。

号 角

起来，起来，
当号角吹响
追逐人类的梦想，
当黎明发出微光
繁星隐没不再照亮
陆地和海洋，
起来，撒播
露水，使它们覆盖
昨夜情人的踪迹——
撒播，撒播！

当你听到
清晰的号角，
人啊，忘记这世上
新生的事物吧，
除非它比
任何神秘之物更可爱。
睁开双眼看看天空
露重的夜晚
洗净了繁星的眼睛：

与光一同上升,
朝向古老的战争;
起来,起来!

我第一次来这儿时

我第一次来这儿时会期待,
期待我所未知的。当看到
高高的斜坡上的青草和紫杉
我怦然心动,仿佛只要

用脚攀登它的白垩阶梯
我就会看到其他山上不曾
见过的风景。如今我
最后一次走上斜坡。心再不会

那样跳动,当看到同样秀美
或更为雄伟的山峰。因为无穷尽的
变化,迟迟未被察觉,今年

第十二座,突然,清晰显现。
此刻期望——并非健康、欢乐
因为这些得到了还会失去,
通常只需一小时的观看

——期望便永远消失了。也许

比起这座我可能更喜欢
其他的山：未来和地图
藏有我一直期待的东西。

我知道这一点，有机遇
有用处，有时间，有必要
爱就会生长，离别时心灵的舞步
将比相见时，更为响亮。

果园里的孩子

"他在果园里打滚:身上沾满了
青苔和泥土,这孤独的老白马。
他的父母亲在哪里
在那些棕色的马中间?他有兄弟吗?
我认识燕子、老鹰和苍鹭;
但还有两百万件事情要学习。

"那个骑着白马、戴着戒指和铃铛
去往班伯里十字架的夫人是谁?[①]
伴着那首童谣,英格兰除了她
没有别的女人可以带你去兜风吗?
雨燕、燕子、老鹰和苍鹭。
我有两百万件事情要学习。

---

① 班伯里十字架是英国英格兰南部牛津郡的一处地标建筑物。《班伯里十字架》,一首童谣,首次出版于1784年,内容可能是指清教徒在17世纪对班伯里十字架的多次破坏。在古代班伯里有很多十字架,但都在宗教冲突中被毁掉。在后来的250多年里不复存在。直到1859年维多利亚女王建立了一个新的哥特式复兴班伯里十字架,以庆祝维多利亚长公主与普鲁士王子弗雷德里克的婚姻。

"有没有一个人曾经跨过
韦斯特伯里白马酒馆后面
索尔兹伯里平原上的绿墙?
他是驰往韦斯特伯里,还是摔了一跤?
雨燕、燕子、老鹰和苍鹭。
我有两百万件事情要学习。

"所有的白马中,我认识三匹,
那时我六岁;对我而言似乎
人有很多东西要学,
因此我不敢上床睡觉。
雨燕、燕子、老鹰和苍鹭。
我有几百万件事情要学习。"

狭长的小房间

狭长的小房间西面有垂柳
狭窄的尽头是填满了的壁炉,
尽管不宽敞。我喜欢它。没人猜得到
是什么需要或意外使它们被建成这样。

只有月亮、老鼠和麻雀透过
环绕着浓密的常春藤的窗口偷窥着。
它们要在所见所闻中保留
关于古老的常春藤和更古老的砖墙的传说。

当我回首往事,我就像月亮、麻雀和老鼠
目击了阴暗屋子里它们永远无法理解
无法改变、无法阻止的一切。
永恒不变的——是我的右手

像螃蟹一样爬过洁白的纸张,
每天清晨在枕头上休息片刻,
然后再次出发爬向岁月深处。
最后的一百片叶子在柳树上涌动。

灯灭了

我来到睡眠的边缘,
这深不可测的
森林,每个人都会
迷路,无论笔直
还是曲折,迟早都会;
他们无法选择。

自破晓的第一道裂缝
出现在森林边缘,
大大小小的道路
就迷惑着旅行者,
眼前突然模糊一片,
一切沉没了。

此处爱情终止,
绝望、野心终止,
所有快乐和烦恼,
不管最甜还是最苦,
都在睡眠中结束了
它比崇高的工作更甜美。

没有任何书
或是最亲密的脸
使我不愿转身,走进
我必须独自进入和离开的
未知领地,
我不知道一切会怎样。

巨大的森林高耸入云
云雾缭绕的枝叶垂下来
在前方,层层叠叠;
我所听到并遵守的寂静:
我也许会迷失方向
迷失自己。

小 屋

它孤独地
站在一片石地上
那儿石头磨损得像古老的台阶，
岩石和树木生长之地
靠风和石块滋养。

长久以来
内部变得脆弱；
艺术和善意使它
变色，变甜，变暖
许多年了一直如此。

人们安心地歇息
在流动的风中只听到
音乐，他们看见
同一片日常的土地上
荒野的气流所描绘的画面。

同一个造物主的心灵
创造了二者，房屋

对给予它安宁的土地很友善,
而石头把房屋带入
它冰冷的内心,也很友善。

路

总有一天,我想,在弗罗克斯菲尔德
会有足够多的人来摘下全部黑莓
在那条笔直宽广的绿色大路上,
在树篱外,九月躲藏在
欧洲蕨和黑莓,蓝铃花和矮金雀花中。
如今,在一百只羊昨天啃草的
地方,宁静的铃铛颤动着抵达
动荡的水域,那儿没有船只航行……
它是这样的一个春天:苍头燕雀尝试
歌唱。因为炎热,像是在夏天,
又似是有冬天的静谧。黑暗中
冬青树的亮光在蓬勃的树篱中延续——
一英里——钟声响起,我无从知道
也不曾留意过时间是否有变化,直到
这条路终止,一切再次变得相同。

在黑暗中

在黑暗中的雪地
小鹿隐约地走在
母鹿身边，
风吹得很快
而星星很慢。

灯熄灭时，没有声音
黑暗悄悄笼罩四周
以更快的速度
比最迅捷的猎犬更快，
到达，一切都被淹没了；

星星、我、风和鹿，
一起在黑暗中——很近，
又很远——恐惧
敲击着我的双耳
那阴郁伴随着智慧。

面对夜的强力
你若不爱它

光、整个宇宙的景象

以及爱与喜悦

会是多么微弱，多么渺小。

真爱的悲哀

真爱的悲哀是巨大的悲哀
真爱离去使明亮的明天黑暗。
但它们几乎就是欢乐,因为绝望
不过是被泪水蒙蔽的希望,天空清澈
在暴风雨之上等待着被看见。
而更大的悲哀来自更少的爱
可能会把缺乏绝望误认为是希望
并不懂得暴风雨以及夏天完美的
轮廓,只有冻结的永恒的细雨
从悔恨和怜悯中坠落的雨滴
无法在阳光下闪耀,无法融化,
永远地脱离了太阳的法则。

孤独的追寻者[1]
——爱德华·托马斯的诗歌

爱德华·托马斯（1878—1917）于1878年出生于伦敦南部的兰贝斯，是威尔士后裔。他先后在圣保罗学院和牛津大学林肯学院学习历史。在林肯学院上学期间，他与海伦（1877—1967）结婚，出于养家糊口的需要，他开始了撰写书评的工作，每周撰写大量书评，最多时达到15本。从1894年至1915年应征入伍，这20多年里他出版了近30本书，包括散文、文学评论等，并完成了理查德·杰弗里斯、斯温伯恩和济慈三本传记，同时他还是一名相当成功的记者，他专注于英格兰及其乡村形象的报道。

他热爱英格兰南部乡村的风土人情，经常徒步旅行，几乎走遍了整个英格兰，熟知这片土地的每个角落，对乡村自然景象的变迁有着非凡的洞察力，这种洞察力基于他对人性与历史的深刻反思以及超越时代的生态意识。早在1897年，年仅19岁的他就出版了第一本书《林地生活》(*The Woodland Life*)，这本书获得了1898年牛津大学林肯学院的历史奖学金。后来陆续出版的《美丽的威尔士》(*Beautiful Wales*, 1905)、《英格兰之心》(*The Heart of England*, 1906)、《南部乡村》(*The South Country*,

---

[1] 本文中爱德华·托马斯的生平介绍主要参考了《爱德华·托马斯作品全集》(Delphi Classics, 2013)。

1906)、《息与不息》(*Rest and Unrest*, 1910)、《追寻春天》(*In Pursuit of Spring*, 1914)等著作同样细致入微地描述了当地的风物，混合了观察、信息、文学批评、自我反思和肖像描绘。

托马斯患有严重的抑郁症，长期饱受精神折磨。为了养活自己和家人，他不得不无休止地撰写报酬低廉的评论，这种煎熬让他感到自身的艺术创造力受到压抑和破坏。虽然部分描绘乡村的作品令他相对满意，但他仍然觉得自己的风格不够原创，辨识度不高。托马斯坚信诗歌是文学的最高形式，他经常撰写诗评，但在很长时间里他从未尝试过写一首诗，一方面是谋生的压力耗用了绝大部分心智，另外可能是他对诗歌有太多预设，让他不敢轻易想象自己能成为一名诗人。

1914年，托马斯一家搬到东汉普郡的斯迪普村，他的精神状态显著改善，并和旅居英国的美国诗人罗伯特·弗罗斯特建立了深厚的友谊，他听从弗罗斯特的建议，开始全身心投入诗歌创作，诗歌对于他来说渐渐成为一种"可能的完美"。他甚至考虑和弗罗斯特前往美国并肩生活：写作、教书、务农。但是，当时第一次世界大战已经爆发，优柔寡断的托马斯难以在"去美"和"参战"之间做出选择。

在经受了无尽的自我拷问之后，他最终决定入伍，暂时结束了内心的斗争。他在给戈登·波顿利的信中说，这个决定是"长久以来种种思绪自然而然达到极限"之后的结果，而他的诗是他做出这个决定的"形而上学对应物"。另一个重要的影响因素正是弗罗斯特的那首著名的诗——《未选择的路》。当时回到美国的弗罗斯特寄给托马斯一本《未选择的路》的预印本，书中的这首诗是他对托马斯优柔寡断的温和嘲讽。但托马斯对这种"嘲讽"很在意，并且"觉得这首诗是一种谴责"。他告诉弗罗斯特："上周，我把自己搞得一团糟,以至于我相信,如果有人想让我去美国,我就应该去做演讲。但我改变主意了。如果医生允许的话,我将在周三入伍。"

1915年,他以二等兵的身份加入了"艺术家步枪队",被送到埃塞克斯郡罗姆福的哈尔霍尔集中营。在那里,他担任地图阅读指导员,后来被提升为下士。按照他的年龄,托马斯在整个战争期间留在这个职位上是合情合理的,但是,1916年9月,他开始参加英国皇家要塞炮兵训练,并在11月被任命为少尉,于是他自愿到海外服役。

"所有的路都通向法国"(《路》),托马斯在1916年写下的诗句,不幸成为谶言。他选择了这条通往法国的路,而它的尽头意味着死亡。托马斯于1917年1月离开英国前往法国,在244号攻城炮兵连服役。4月9日复活节,在阿拉斯战役中,托马斯在一个观察哨指挥射击时中弹身亡。诗人死后被埋葬在阿拉斯郊区的阿格尼军事公墓。他在1915年复活节写下的诗《悼念》,成为后人对他的悼念:

> 繁花留在夜幕降临的树林里
> 这个复活节让人想起了那些人,
> 此刻远离家乡,他们,和他们的爱人,本该
> 一起采摘花儿却再也不能。

托马斯写诗只有两年多的时间,却创作了140多首诗,这些诗已经被公认为他那个时代最伟大的诗歌成就之一。他的诗歌影响了很多诗人,C.D. 刘易斯和 W.H. 奥登甚至认为自己"几乎没有希望与之相提并论"。托马斯诗歌的价值不断被重估,评论家李

维斯在他的《英国诗歌的新方向》(New Bearings in English Poetry, 1936) 一书中称托马斯是"一个独具原创性的诗人",并表示他"敏锐地表达了一种独特的现代情感"。英国桂冠诗人安德鲁·莫森有类似的观点,他认为托马斯"在20世纪诗歌的发展中占据了至关重要的位置",因为"他将一种现代情感引入到了维多利亚时代和格鲁吉亚时代的诗歌主题中"。1985年11月11日晚上,在伦敦西敏寺的诗人角的战争诗人纪念碑揭碑仪式上,诗人特德·休斯宣称爱德华·托马斯是"我们所有人的父亲"。

虽然托马斯经常作为一个战争诗人被纪念,他的部分诗歌也深受战争氛围的影响,但他不曾直接描写过战壕,也没有表现出传统意义上的爱国热情。对于战争他有自己更深层次的、更复杂的思考。《这不是简单的对错问题》一诗就明确阐述了他的个人战争观:

> 这不是政治家或哲学家
> 能判定的简单的对错问题。
> 我不恨德国人,也不热衷于
> 用对英国人的爱,去取悦报纸。
> 但我对那个肥胖的爱国者、
> 对德国皇帝的憎恨,都出自真诚的爱——

由于与公务员父亲在关于战争和政治话题上的争论日益激烈,他在这首诗中做出了一次强有力的回应。他无法认同父亲以及大多数人认为的那种"爱国主义精神",某一次散步时朋友问他:"你知道你为了什么而战吗?"他捏起一撮泥土,答道:"真的,为了它。"隔着遥远的时空,我们仍然可以听到他炽热的呼喊"上帝啊救救英格兰",这种真挚深沉的爱几乎贯穿他所有的诗篇——英格兰是永恒的绝对的善,他为即将消失的英格兰事物而抒写,也只为他心中的英格兰而战。英格兰乡村带给他的永恒感和战争带来的毁灭感之间形成了极强的张力,这种张力在他谈及战争的一些诗中可以明显感受到,如《二月午后》《一个士兵》《太阳曾经照耀》《当马犁前头的黄铜》《消失了,再次消失了》《新年》《挖掘》等。但总体来说,他只有少部分诗歌涉及战争。从这个意义上说,战争只是一个极端的事件,是偶然闯入的时代背景,是众多可以观察的现象之一,而参加战争只是把他那些生命中悬而未决的问题置于中止状态。

托马斯的绝大部分诗歌写的都是日常事物,通过相对朴实的语言,他触摸自然、家园,勾勒英格兰地形,讲述本土生活的变迁,抒写个体强烈的孤独感,思考个体生命的困境,这才是他诗歌的主体。在他笔下,时间、地理和文化背景动态关联,没有绝对分离的实体,没有绝对的分界线——有生命的和无生命的,自然的和人类的,如《收干草》中写道:

> 晒干草的人歇息了。搬干草的人躺在
> 阳光下;长长的货车停在那里
> 不在车队中,它似乎永远不会
> 走出那一株紫杉的阴影。
> 车队静静停着,直到任务完成,
> 工人们在树下享受阴凉
> 那是田野中央的三棵矮矮的橡树
> 周围是未经修剪的草地和杂草。
> 一个曾经是白垩矿的土坑,如今

孤独的追寻者　　241

长满坚果林和接骨木，那么干净。
工人们倚靠着耙子，准备开工，
但谁也没动。一切沉默，一切老去，
晨光中，是不为人知的无尽岁月，
比克莱尔和科贝特，莫兰德和克罗姆，
比田野遥远的边际，比农夫的家
那座蹲伏在大树底下的白色房子，还要古老。
苍穹之下，不知何年何月
那些人，牲畜，树，农具
甚至说出了在遥远的未来要讲的话——
我们全都脱离了岁月沧桑——
在一幅古老农场的图画中得以永生。

"长长的货车停在那里/不在车队中"，这句诗给了托马斯的诗歌一个很好的注脚，那些画卷一样铺展的场景、事物和人，每个都是独立的——它并不代表什么，也无须隐喻，但这些个体在时间维度上获得了统一——构成了从古至今，直至未来的历史图景，从而具有了审美上的整体性和层次感。托马斯诗歌中有非常强烈的"时间意识"，圣·奥古斯丁曾说："时间是什么？没有人问我时，我知道，但当我想向提问者解释时，我却不知道了。"（《忏悔录》）托马斯诗中的"时间意识"，很多时候就是在这种"知"与"不知"、"融入"与"超越"之间穿梭，渴求着绝对的永恒。在《荣耀》一诗的结尾处，他似乎接近了语言深处的那个表述："是时间吗？我无法咬到日子的核。"他以月份为题写了好几首诗——《二月》《三月》《四月》《七月》《十月》《十一月》，并且在大部分诗中不时强调月份，这不仅是因为年月是自然景物各具风貌的承载形式——时间是具体的，更因为时间同时也是通向永恒性的一种方式。在这些诗中，诗人重建人与乡野、乡野事物之间的联系，并从人的整体生存状态进行观照。与"时间意识"并行的是，托马斯的诗中真挚而深刻的"生命意识"。于生命而言，人只是自然的一部分，并不高于自然中的其他事物，但人能在自然中获得启示、慰藉。从这种意义上说，称他为"乡村诗人"并不准确，他是一位真正的"原住民诗人"，而这个居所是生活的所有土地，是整个自然。这是他的诗歌能超越时代，直至今天仍能触动读者的重要原因之一。比如这首《五十捆柴》：

它们竖在那儿，头朝地，五十捆柴
曾是榛树和岑树下的灌木
长在珍妮·平克斯的矮树林里。此刻
它们挤在树篱旁，仅仅成为一个灌木的幻梦
老鼠和鹪鹩能够爬行其中。来年春天
一只乌鸫或知更鸟会在那儿筑巢，
习惯它们，以为它们会保持
对于一只鸟而言的那种永恒：
但今年春天太迟了，雨燕已经飞来。
搬运这些柴火时天气已经很热了：
它们最好永远不要温暖我，但它们必须
燃起好几个冬天的炉火。在它们燃尽之前
战争也该结束了，许多别的事情
也会结束，也许吧，我并不比
知更鸟或鹪鹩更能预见或把控。

孤独的追寻者　　243

在"柴"和"灌木"的转换中,在"来年春天"的预想中,人和动物在"命运"层面上看起来如此相似、平等,它甚至比谦卑更能抵达生命的真相。伊格尔顿在《如何读诗》(*How to Read a poem*)一书中对此诗有非常精辟的分析:诗人在自然中劳作,自然不是被考察的风景。托马斯热衷于描绘常见的生活场景,但不是简单的"生活记事"或博物学笔记。在《鸟巢》《庄园农场》《屋子和人》《谷仓》《收干草》《高高的荨麻》等诗中——无论是全景展现还是细节观察,都透露出诗人对生命的态度,他似乎总是在问自己:"生命是什么?""生命何为?"在托马斯生活的年代,工业革命已经基本完成,城市化正在摧毁乡村、瓦解乡村的生活方式和价值观,托马斯试图在诗中处理这种危机感。写于1914年末的诗《峡谷》就以浓缩的语言平静地展现了某种忧虑:

> 峡谷一直阴暗,古老又阴暗。
> 入口处堵着树莓,荆棘,石楠;
> 没有一个人攀爬过光滑的白垩
> 借助山毛榉、紫杉以及枯萎的刺柏
> 下到侧面悬崖的半山腰,依靠树根
> 走几步就会有兔子洞。冬天的太阳,
> 夏天的月亮,所有歌唱着的鸟儿
> 除了喜欢刺柏的槲鸫,
> 完全被挡在了外面。峡谷看上去
> 更为古老和阴暗,自从他们捕杀那儿的獾,
> 把他挖出来给予猎犬,
> 英格兰野兽中最古老的英国种。

即使是古老阴暗的偏僻峡谷，也无法逃脱时代进程。对獾的猎杀代表了新时代的价值观正在破坏英格兰土地上更古老、更原始的文明。托马斯热爱描绘他的乡村，也热爱描绘生活在其中的这些狭隘又淳朴的英格兰人，尤其那些个性独特甚至是古怪的人——流浪汉、偷猎者、吉卜赛人等。在《洛布》中，乡绅的儿子洛布坚决拒绝把房子搬到离马路更近的地方，洛布代表着乡村英格兰人；而在《五月二十三日》中，杰克·诺曼则代表着春天以及自然本身。洛布和杰克最后都消失了。在更多的诗中，风消失了，人消失了，鸟鸣消失了，路消失了，时间消失了……他频繁地用"消失"（disappear/lost/gone）来处理这些困扰着他的文化上、精神上的问题，犹疑和忧郁的气质使得答案常常是隐晦的甚至引发更多的困惑，他只能目睹一切无可挽回地走向那个黑暗的尽头："只有一条大道，幽暗，没有名字，没有尽头。""幽暗"意味着未知和虚空、死亡和阴影，同时它也意味着暂停和休息，在这种暂停中，诗人得以深思和冥想，并直面自我，审视自我。在《忧郁》一诗中，托马斯坦诚地表达了内心深处的恐惧和渴求，他清醒地意识到，他的所有追寻都必然是"徒劳"——"我不知道我渴望什么，但不管我选择什么/它必然是徒劳的，而绝望也毫无价值"。这种忧思在《雨》一诗中达到了顶点：

就像我，所有的爱都被这狂野的雨
溶解了，只剩下对死亡的爱：
如果这爱是为了完美
暴风雨告诉我，那我将不会，失望。

一切的爱都消亡了，除了"死亡之爱"，只有死亡不会让人失望,能给予他"完美"和"不可能"的东西,当他孤身一人面对存在,死亡是治疗忧郁的唯一良方。托马斯曾在《南方乡村》一书中写道:"我们站在永恒的边缘上,在死亡之前多次坠落。"而在此之前,他必须继续这种徒劳的跋涉,才能达到永恒的平静:

> 有一天我将把它视为幸福的一日,
> 而这冠以忧郁之名的情绪
> 将不再黑暗和阴沉。

(《十月》)

托马斯一直走在追寻和探索的路上,这既是现实生活之旅,也是精神重建之路。无论是《路标》里的"该往哪里去",还是《另一个》里的"我的追寻",都展现了这种状态,托马斯知道"这是一条热切又疲惫的道路",但是"追寻什么呢?我仍然/只是追寻着,不去猜想"。某些时刻,托马斯似乎在"看似短暂的幸福之物"中获得了积极的力量。例如《荣耀》一诗,它以闪亮而有力的语言,描述了崇高、庄严的自然之美如何治愈了一颗抑郁的心,"晨光"与"无人碰触的露水"这些充满净化功能的词语开启了原初的壮丽世界,在积极的行走状态中诗人挣脱自我束缚,感受到了新的希望:

> 我所设想的幸福正是居于
> 美的此在,我今天是否应该
> 去寻找与这美相配的智慧或力量,

即使远至天堂和地狱，也要出发

（《荣耀》）

从这个意义上说，终其一生，他都在重复"路上的追寻"这个主题。他深情地记录本土的音乐、风俗和传统，以精确的语言描述雨滴、野花、野草、鸟巢、泥土、灰尘、燧石、谷仓等；季节轮换、天气变幻让他沉思，树木的阴影、小鸟的鸣叫等大自然的细节更是让他着迷。自然万物对他来说没有形而上学的含义，仅是存在本身就足够了。就如他在《南方乡村》一书中说的，没有什么比大自然高雅、完整的形式更能滋养美的感觉。在诗歌语言上，托马斯寻求一种"平静的情感渴望"以表达他的人生态度，只有自然能赋予他这种平静，而审视生命时无可回避的孤独、痛苦时时在催促他"出发"，因为只有上路时，精神才是自由的：

五月的一天清晨，我出发了，
周围没有任何熟人。
　　我永远地离开了，
　　离开某地，永远。
……

我不能从自由中返回
我的青春，我的爱情，我的痛苦。
过去是唯一散发着芬芳的死亡之物，
是唯一不会飞逝的甜美之物。

> 我永远地离开了,
> 离开某地,永远。

(《一天清晨》)

"过去是唯一散发着芬芳的死亡之物,/是唯一不会飞逝的甜美之物。"托马斯真的永远离开了,离开了战场和人世,归于自然之中。命运只给了他两年多的时间来写诗,且生前只有一本以笔名爱德华·伊斯塔韦出版的诗歌小册子《六首诗》(*Six Poems*, 1916)……一切都太短暂了!卢克莱修在《物性论》中曾写道:"而现在整个宇宙为自然规律的知识所照耀。想象没有权力、金钱、爱情甚至生命本身的野心。你应放弃所有的这些东西,一滴眼泪也不掉。你应当享受生命已经给了你的,而不应先追求这以外的东西。你应保持安详、满足和智慧。你应拥有这样的一个生命。"也许,爱德华·托马斯曾经拥有过这样的生命——拥有过那"'被时间所戏弄的'平静的喜悦",在生命的所有不确定性中,他没有停下脚步:

我站起来,明知已经累了,仍要继续我的旅程。

译者
2022年秋